助六稲荷
イラスト／しずまよしのり

巨大な亀に車を食べられ—

バニーガールだらけの
眠らない祝祭へ！

「畜生。見た目だけは間違いなく
清楚な聖女なんだけど中身がなぁ……」
「俺は女と付き合うときは
人生賭けてる」
「さあ選べ
初キスか！
「残念だったな、平和か！」
「俺達の面白おかしい旅はまだまだ続くんだよ」

ネモ

街の底辺で生きるチンピラ。
イグニスと出会い、
面白おかしく生きるために
旅立つ。

イグニス・ファルフレーン

見た目は清楚だが、中身は三大欲求に忠実で暴力も振るう残念美人。

自らの聖女の能力を九十九の契約書に分割されてしまったことから、それを探して旅をしている。

ヴァーテウス・ガガカ
人知を超えた“奇跡”を調査し、害をもたらすものには対処する特定奇跡災害対策機構・特別捜査官の獣人。とてもお尻が大きい。
「……殺し合いをしたって勝つのはこっちだ。
不死を殺せる備
「違う！　これは紐。パンの形として
非常時に活用できる
遺物《アーティファクト》なんだ
んだこの
変態
カップルが」
「いい加減
アタシの
ケツの汗
出しないで
もらえねぇかなぁ！」
タシはなぁ。
茶苦茶大事なガキと、
もう二度と会えないガキと、
胸だけは絶対に揉ませないいって
約束してここに来てんだよ」
GAGACA

サンバカ!!
助六稲荷
イラスト/しずまよしのり
SANBAKA!!

Contents

SANBAKA!!!

プロローグ チンピラと聖女の旅の始まり

1

口の中には鉄錆《てつさび》の味。

ネモがいつものように運べとスポーツバッグを手渡されたのは昨日の深夜のことだった。十分も経《た》たないうちに暗い路地裏で目だし帽を被《かぶ》った集団に囲まれ、殴られ、バッグを盗《と》られ、また殴られ、捨てられた。

そして今、路地裏のゴミ捨て場で目を覚ましたネモの眼前には抜けるような青空が広がっていた。

「はは、真っ青でやんの」

視界を半分塞ぐ血と、ゴミの隙間から最悪な気持ちで見上げた空は憎たらしいほどに晴れ渡っていて、空の上にいるという神さまにさえこのみじめな姿を馬鹿にされている気がしたネモは無性に腹が立った。が、ネモのような何も持たないチンピラがその怒りで出来る事は何もなかった。そのどうしようもない現実にたまらず漏れたため息が神さまに見下される青空に溶けて消える。

たまらず空を仰ぐのを止めたネモは、痛む体でなんとかゴミの山を泳ぐと、アスファルトの地面に両足でしっかりと降り立った。

「すいません、そこのチンピラさん。少し話を聞いてもいいですか？」

その時、ふと背後から声がかかった。とても美しい声だと、ネモは思った。

「なんだよ」

振り向いた先にいたのはシスター服に身を包んだ一人の女性。

身長は百七十センチ程度、派手な金色の長い艶《あで》やかな髪がシスターベールの下から漏れだし、顔に少しの影を作っている。その影の下から覗《のぞ》く顔は優しく微笑《ほほえ》んでいて、神に仕えるその服を着る資格をその表情一つで示していた。

天使の様な笑みをたたえた高身長美人。ゆったりしたシスター服の上からでもわかる程大きな胸とわずかに見える谷間はともすれば卑猥《ひわい》に見えてしまいそうなものだが、やはりその表情一つで、母性を湛《たた》えた聖なるものにしか見えなくなってしまう。

「この街の名前はレイエスというのであっていますか？」

「そうだけど？」

頭上に浮かぶ青空よりも、よっぽど美しく爽やかなシスターにすっかり毒気を抜かれたネモは気づけば正直に質問に答えていた。

「それでは……ガルニダ・ジェイコフという名前の男に心当たりはありますか？」

「ああ、確か市長がそんな名前だった」

こびりついた血をシャツでぬぐい、煙草《たばこ》に火を点《つ》けながらネモは応じる。

「ありがとうございます。いやー、困ってまして。やっぱり私の見立て通り。貴方《あなた》、優しい人ですね」

くすくすと笑うシスター。楽しそうに笑うその姿があまりに美しいので、ネモは叶《かな》う事ならまだ彼女の顔を見て、まだ声を聴いていたい気持ちになった。そう思ってしまう程度にはネモの日常には何もなかった。

「路地裏のゴミ山の血まみれの男のどこに優しい要素があるんだか」

何とか話が繋《つな》がる様に言葉を放ってみたネモの精一杯の言葉は、乱暴な言い様に反して少し懇願するような響きが含まれていた。

「そんなに可愛《かわい》いシャツを着てるからですよ」

返ってきたのは変わらずおかしくてたまらないといった調子で発された言葉。一安心したネモは自分の体に目を落とす。可愛《かわい》くデフォルメされたサメのキャラクターが印刷された開襟《かいきん》シャツが目に入った。

「馬鹿にすんなよ、気に入って着てんだから」

「してませんよ。こんなシャツを着ている血まみれのチンピラ青年なんてこの街じゃ出会い難《がた》い、優しい人ですからね」

にやりと悪戯《いたずら》っぽい笑みを浮かべたシスターはそう答える。ネモの脳みそがクラリと揺れた。

「意味がよくわかんねーんだが」

「そうでしょうか？　私は既にこの街で同じ質問を幾度かしましたが、答えてくれる人なんてまずいませんでした。おまけに財布までスられてしまいまして、信じられない悪徳の街です」

今までの楽し気な態度を急に崩し、街に毒づくシスターの姿にネモは一気に親近感を覚えて苦笑が漏れた。

「ま、お上りさんはカモだわな」

「そんな悪徳の街で流血して捨てられていたという事は敗れたという事です。敗れたという事は戦ったという事です。この街で勝つのは悪徳です。という事は負けた貴方《あなた》は正義の人間です」

不思議な言葉だった。全く正しくない推量が根拠とは到底言えないゆるゆるの地盤の上に構築されている。にもかかわらずネモは、このシスターの戯言《たわごと》が一切合切正しいような気がして、このまま身を任せてしまえればどんなにいいかと一瞬思ってしまった。そう思わせる力強さと優しさと包容力がシスターのピアノの鍵盤をたたくような軽快な声色にはあった。

「長々とあてずっぽうにもならない妄想をご苦労様だシスターさんよ。結果は大外れ。俺はネモ。ただの街のチンピラだ」

それでもネモはそんな気持ちを胸に押し込んで不愛想《ぶあいそう》な言葉を投げた。

「昨日、ヤクの配送中に拉致られて朝までボコられて捨てられただけだよ。アンタの言う所の悪徳側の人間さ」

吸い終えた煙草《たばこ》をぐしゃりと足で踏み潰しながらこれでいい、とネモは思った。いくらシスターの推論が心地よくとも、それに溺れて現実の自分を偽るのはなんだかこのシスターへの手《て》酷《ひど》い裏切りに感じて、そんなことをするくらいなら、真実を伝えて逃げ出される方がずっとマシだと思えた。

「ふふふん、ネモさん。私の質問に答えてくれた上に、自己紹介までしてくれる。それほど優しい悪徳というのはなかなか得難《えがた》い個性とは思いませんか？」

しかし返ってきたのはネモのそんな心情すら見透かしたように笑うシスターの言葉。

「アンタも負けないね」

「それが女一人、こんな世の中で生きていくコツですから！」

止めの一撃、ふんすと胸をはって弾《はじ》けるような笑顔。出会ってからわずか数分だが、ネモはもう完璧にこの謎のシスターが好きになってしまっていた。

「分かった分かった。俺の負けでいい。俺は優しくて正義の善人だ。しかしそんな俺が名前と仕事まで喋《しゃべ》ったんだ。自分だけ謎のシスターでいるってのはちょいとバランスが取れてないいんじゃないか？」

「うーむ、これは一本取られましたね。正義のネモさんにそこまで言わせてしまっては私も名乗らざるを得ないでしょう。私の名前はイグニス・ファルフレーン」

そして相変わらずの楽しくてたまらないといった笑顔と、人を惑わす声音でこう告げた。

「神話の時代より幾千年を生き、かつて世界を治めていた聖女ですよ」

「聖女、ねぇ……」

ネモは得意満面で胸を張り名乗りを上げたイグニスとは対照的に渋い顔で顎を撫《な》でた。

「はい。何を隠そう私こそ古の昔、豊かで平和な世界を作り、治めていた聖女なのです」

「初耳だよ。そもそも世界を誰かが治めていたことすら初耳だ」

「おや、今は誰も治めてはいないと？」

「そうさ。街やら国やら、トップはいれど、キングはいない。今はそんな世界だよ聖女様」

「あちゃーです。あちゃー。そりゃそんな世界じゃネモさんのような善人がゴミ捨て場に捨てられるのも納得という話ですよ」

「嬉《うれ》しい事言ってくれるじゃねーか。それじゃアンタの治めてた世界じゃ、俺みたいなのは救われてたって訳だ」

「それはもちろん。ネモさんのような善人が報われる素晴らしい世界にするだけの力が私にはありましたから。それはもう強力で、不可思議で、残忍で、美しい力の数々が私の体には宿っていたのですよ」

「よっしゃ病院行こう。いい医者を知ってんだ。大丈夫、錠剤数種類と入院三ヶ月でぶっ飛んでるおつむのアンタもいつの間にか真人間だ」

「むぅ、信じてないですね」

「当たり前だろが。アンタが美人じゃなけりゃとっくに尻尾巻いて逃げ出してる程度には荒唐無稽な話だよ」

「あら、嬉《うれ》しい事言ってくれるじゃないですか。実は私の体に宿る不思議な力というのは私を面白く思わない九十九人の人間に無理矢理分割され、契約書を交わされて、体の所有権とともに奪われてしまいましてね」

「美人を差し引いても逃げ出したくなってきたな」

「私を失った世界は荒れに荒れ、今の形になりました。そして私は不死となり、今こうして貴方《あなた》の前に立っているという訳なのです」

「ほんとにアンタ負けない女だね」

ネモは苦笑して新しく取り出した煙草《たばこ》を咥《くわ》え、火を点《つ》けた。

「それで？　聖女サマはどうしてこの街に？　まさか草の根活動でこの悪徳の街を浄化しようとでも？」

「それこそまさかですよ。私、今の世界を結構気に入っています。欲望に忠実な人間、正義に殉じる人間、そのどちらにもなれず日和見主義が板についた人間。これこそが人の営み！　人は清廉潔白に生きてこそ輝くなんて私の治世観の幼稚さをちょうどここ数千年、思い知らされていた所です」

「なぁ、病院に行かなくても俺の伝手《つて》で薬なら何とか手に入れるからそれを飲もうぜ。明らかに症状が出てる。大丈夫良くなるって」

「むきー！　なんでわかってくれないんですか！」

イグニスは思いっきりネモの頭を殴りつけた。グーで。

「痛っ！　殴った!?　聖女様が殴った!?」

「おや、普通の聖女は殴らないのですか？」

「殴らねぇよ！　いいか？　仮にも聖女を名乗るなら非暴力主義で禁欲的に暮らす、博愛の精神と慈愛に溢《あふ》れた清楚《せいそ》な女性であれ！　これは絶対だ！　男の夢なの！　聖女は！」

「はぁ？　何ですかそのつまらない人間は。私は人も殴りますし、三大欲求にも素直ですし、慈愛と博愛の違いも判《わか》りませんが？」

「この上ない俗物じゃねぇか！　聖女要素何処《どこ》だよ！」

「さっきも言ったでしょう。世界を治めていたと……」

「残念でした、その話は現在ヤバ女要素の方にカウントされています」

「むぅ……」

「はぁ、せっかく美人と出会えて俺の人生まだまだ捨てたもんじゃねーって思ったのによぉ。中身はタダの自称聖女でシスターコスプレのヤバいホンモノのアホじゃねぇか」

「待ってくださいネモさん！　私は本当に聖女なんです！　ネモさんのような善人に信じてもらえないというのはなんだか悲しいです！」

「はいまたヤバ女ポイントプラス1」

「うむむ……かくなる上は……」

「お、何だ？　なんかあるのか？　アンタが聖女だと証明してくれるようなものが」

「それは……美の象徴であるモデル体型！　母性に溢《あふ》れる豊かな胸！　神聖さにあふれた艶《あで》やかな金髪！　そして聖女といえばそのものずばりな整った顔！」

「外見一本勝負かよ！」

「どうですかネモさん！」

「話になんねぇな。美人が皆聖女って訳でもねーだろ」

「うむむ……かくなる上は……」

「アンタそれ二回目だぞ」

イグニスは唐突にあきれ顔のネモの腕をとると自分の胸に押し付けた。ネモの手に広がる柔らかで幸福感に満ちた感覚。瞬間、ネモの脳みそに稲光が走り、二つの美しい丘のイメージが脳裏に焼き付いた。

「どうですかネモさん！　初対面のチンピラネモさんにここまで施しをする。間違いなく私は聖女でしょうが！」

「やったぜ最高突発えっちイベ！　しかし残念これは痴女！」

「しまりました！　まさかの一文字違い！」

頭を抱えながらぎゃあぎゃあとわめき散らすイグニスと小躍りしながら自らに焼き付いた双丘のイメージを思い出しながら手をわきわきと動かすネモ。そんな路地裏の馬鹿げた騒動はイグニスの決意のこもった言葉と共に中断された。

「もうわかりました！　見せてあげましょう！　私が聖女であるという疑いようのない証拠を！」

「どうやって。さっき言ってた強力で不可思議で何とかとかいう力でも見せてくれるのか？」

「ハァ？　私の強力な魔力は九十九の契約書に封印され全て奪われてしまったと今さっき言ったじゃないですか。今の私はただの聖女です」

「聖女じゃねーけどな。ただの異常コスプレイヤーのなんちゃって聖女だけどな」

「まだ言いますか！　私はねぇ、この街にその〝聖女の契約書〟を取り返しに来たんですよ！　この街の市長が持つ〝契約書〟をね！」

「へーそりゃ頑張って」

「付き合ってください」

「はぁ⁉」

「私を異常コスプレイヤーだのなんちゃって聖女だの言うネモさんが悪いんですからね！　そうと決まればこんなゴミ溜《た》めなんか出て、市庁舎へ向かいましょう！　さあさあ！」

「行くとは言ってねーんだけど⁉」

「自分の口の悪さを恨んでください。そして私の言っていることが正しかった時は私の右腕として働いてください！」

「なんでだよ⁉」

「旅を初めて早半年、女一人で続けるにはいろいろと不便ばかりです。ネモさんの様な人が居てくれるとありがたいのですよ」

「うわぁ……普通に嫌だ……」

「問答無用です！」

そう言うとイグニスはネモの手をとり、ゴミ捨て場のある路地裏から朝の太陽がさんさんと降り注ぐ通りにネモを連れ出した。

「ほら！　数千年だの、聖女だの、病院だの、そういう事は全部置いといても今日はこんなに素晴らしい青空じゃないですか！　市庁舎でピクニックするには絶好の日和ですよ！」

目に刺さる太陽の日差しに顔をしかめながらネモは無邪気に笑う美しいイグニスを見た。

「畜生。見た目だけは間違いなく清楚《せいそ》な聖女なんだけど中身がなぁ……」

「さっさと来ないとその内臓ぶち抜いて空にぷかぷか浮かばせますよ。あ、力を失ったので今はもうできないんでした」

「ロールプレイがしっかりしてんなぁ！　感心するよ全く……はぁ……」

ネモのため息は先ほどゴミ山に捨てられていた時と同じように神さまにまで見下されている

ようだと感じた青空に吸い込まれて消えた。しかし今のネモにはその空が、イグニスの言う通りの絶好のピクニック日和にしか見えなかった。

「ま、妄想に付き合うにも悪くねぇ日和ってこったな」

ネモはそう呟《つぶや》くと、先を行くイグニスの横に並び二人で歩き始めた。

2

レイエスの市長ガルニダ・ジェイコフは黄金の毛並みを少し窮屈そうにスーツに押し込んで日々の仕事をこなす獅子《しし》獣人だった。しかし獣人であることはこの世界において特筆すべきことではなく、それは彼自身が仕事をするにあたって種族的特徴よりも昼休みに何を食べるかという事に頭を悩ませていたことからも明らかだった。

結局、市庁舎の向かいにあるバーガーショップのホットドッグに決めたガルニダは、市長室に戻ると急いで包み紙を破り、そのジャンキーな匂いを常人の数百倍の精度を誇る鼻で堪能《たんのう》した。

昼休みは、人口五万人を超える街の市長として日々街の治安の悪化に心を痛める彼が、一日の内で唯一心から楽しめる密《ひそ》かで小市民的な至福の時間であった。

「あの、すいません……市長……」

そんなガルニダの楽しみは控えめなノックと更に控えめな秘書の声で中断された。

「この方たちがどうしても今すぐガルニダ市長に会いたいと……」

秘書は本当に申し訳なさそうに背後に控えるシスター服の女と妙なシャツを着たチンピラ崩れの小汚い男を紹介した。

ガルニダは無意味に部下を叱責したりするタイプではない。秘書は心底ガルニダの休み時間を邪魔した申し訳なさから縮こまっていた。そんな秘書に無理矢理連れてこさせるほどに、背後の二人組がうるさく、しつこかったのだろうと容易に想像できたガルニダはため息をついてホットドッグを机の引き出しにしまった。

「いいよ、ミセス・ノルティ。その客人は私が相手をしよう。昼休みに戻ってくれ」

「で、でも……」

「いいんだ。こんなことで君が休めず、午後の仕事に支障をきたす方が困ってしまう」

そこまで言うと、秘書ミセス・ノルティは大人しく部屋を後にした。

「なんかすいませんね。お休みの所とは知らなかったもんで」

「なに、市民の声を聴くのは市長の義務だよ。ええと……君は……ネモくん……だったかな？」

「……会った事ありましたっけ？」

「いや、初対面さ。私がこの街に暮らす五万四千六百二十二人の顔と名前を全て記憶しているだけだ。市政の長として当たり前のことだとは思うがね」

さらりと言ってのけるガルニダに思わずドン引きの目を向けてしまうネモ。そんな姿を笑って流してガルニダは革張りの椅子に深く腰掛け直した。

「それほどこの街を愛しているという事さ。それでネモくん、スラム暮らしで、昨夜襲撃を受けた君がここに来たという事は治安の悪さについての陳情かな？」

「はは、市民の名前全部覚えてる市長は行動についてもお見通しですか」

「まあそういう事さ、ネモくん、この街は好きかい？」

「……まあ昨日タタきにあった身としては……好きとは言えないっすね」

その言葉にガルニダは沈痛そうな面持ちで銀縁の眼鏡をはずすと黒檀《こくたん》で出来た立派な執務机にことりと置き、ゆっくりと立ち上がった。

「憤《いきどお》る気持ちは分かる。しかしあと少しだけ待って欲しい！　私は今スラムにはびこる貧困と犯罪を一掃する計画を進めている！　さらに公共事業で雇用を創出し、犯罪に手を染めている者たちにも仕事を作る。そうなれば君の様な被害者はもう二度と生まれない！　レイエスは悪徳の街から抜け出し、皆で豊かになるんだ！」

拳を握りしめ、熱っぽく、最後は咆哮《ほうこう》するがごとくに言い切ったガルニダにネモは思わず拍手をしてしまっていた。

「いやぁ、市長。立派な計画と熱量恐れ入りました。次の選挙じゃアンタに入れるよ。戸籍がねーから選挙権ねーけど」

「ありがとう、気持ちだけ受け取っておくよ」

「でもさ、今日来たのは俺の用事じゃねーんだ。シスターさんがアンタに用があるってさ」

「シスター？　はて……彼女の名前は私の記憶にはないな……街の人間ではないのかな？」

「ふふん！　何を隠そう私は神話の時代より幾千年を生き、世界を治めていた聖女！　名はイグニス・ファルフレーン！　おい薄汚いライオン野郎……さん！　貴方《あなた》が持っている〝聖女の契約書〟を返して貰《もら》いましょうか！　知らないとは言わせませんよ！」

　ネモは思わず頭を抱え、ガルニダはその目を伏せ、市長室が静まり返った。直前のガルニダ市長の街の未来へかける思いの咆哮《ほうこう》に比べて、荒唐無稽なイグニスの名乗りはあまりにも幼稚で、端的に言うと……ものすごく滑っていた。

「あ、あー、すみません。ガルニダ市長。なんか俺達そういうノリで来ちゃったもんで……すんません。その、真面目にお仕事してる時になんか訳わかんないのぶち込んじゃって」

「あのさぁ……困るよネモくん。ホンモノ持ち込まれるとこっちもさぁ……」

「はい、すいません。マジで。ほんとーに。すぐ帰りますんで」

「ふふん、あくまでしらを切る気ですかこのライオン野郎……さん！　かくなる上は武力行使で！」

　イグニスはそう叫ぶとシスター服の懐《ふところ》に手を突っ込みその中からつや消しのマット塗装の拳

銃――コルト・ガバメント――を取り出し、ガルニダ市長に向けた。

「うお！　どうやって持ち込んだんだそんな危ねーもん！」

「乙女のたしなみという奴《やつ》ですよ」

「しまえしまえそんなモン！　持ち物検査とかなかったのかここ！　妄想だけで済んでりゃ可《か》愛《わい》いもんだがホンモノのアホがそんなもん持ってたらもうテロリストじゃねぇか！」

大慌てなネモをしり目に、ガルニダはなぜか革靴を脱ぎ、ネクタイを緩めながら口を開く。

「……手荷物検査は行ってないんだ。私が獅子《しし》獣人だからね、武器を持たないと怖くて近寄れない市民も多かろうという事でね」

「おお……こんなところでも市長の鑑《かがみ》……。じゃなくて！　すぐコイツに拳銃下ろさせますんで！　こいつ……イグニスはアホなんですよもー、ホンモノで！」

「そうだよネモくん、ホンモノなんだよ。困るんだよホンモノをさぁ、私の前に連れてこられるとォ！」

瞬間、ガルニダが腰かけていた革の椅子が爆《は》ぜた。いや、足の爪をむき出しにしたガルニダの全力の跳躍に耐え切れず壊れ、吹っ飛ばされたのだ。そのままガルニダは目の前の黒檀《こくたん》の執務机に四つ足で着地した。

「し、市長……？」

訳もわからずそうこぼすネモの横を一陣の風が吹き抜けた。少し遅れてグチャっと何かが壁に叩《たた》きつけられる音。ちょうど人の頭を壁に叩《たた》きつけたような、そんな音。

「イグニス！」

叫んで振り返ったネモの視線の先にあったのは背後の壁に叩《たた》きつけられたイグニスの首から下がずるずると重力に負けて地面にずり落ちているところだった。

そしてその傍《かたわ》らに佇《たたず》む血まみれのガルニダ・ジェイコフ。信じられない事だがこのライオンは机の上から直線にして約三メートルの距離を全力で跳躍し、イグニスの喉笛に寸分たがわず噛《か》みつくと、そのままの勢いで後方の壁に叩《たた》きつけたのだった。

「プッ」

まるで唾を吐くようにガルニダは口から何かを吐いて地面に捨てる。ゴロゴロと転がった。それは壁に叩《たた》きつけられて変形し、脳漿《のうしょう》が飛び散ってはいるものの、間違いなくイグニスの生首だった。

「ネモくん、だから言ってるだろ？　本物の聖女を連れてきちゃダメだって。あまつさえ〝聖女の契約書〟を返せだなんて……殺すしかないじゃないか」

「テメェ……」

余りの突然の惨状に停止していたネモの脳もようやく回り始めていた。たった今、この市長はイグニスを殺したのだ。先程までイグニスが立っていた場所を見る。ガルニダの突進の衝撃で落としたのか、先程イグニスが取り出した拳銃が転がっていた。空手よりましとネモは慌ててその拳銃を拾う。

「ネモくん、この街は好きかい？」

「動くな！　動けば撃つ！」

「私はねぇ、大好きなんだぁ！」

咆哮《ほうこう》。先ほどの政策演説とは全く別の、獣そのものの咆哮《ほうこう》をあげながらガルニダはその身にまとうスーツに爪を立てるとまるで紙で出来ているかのようにたやすくビリビリと破りさった。気づけばその体軀《たいく》も先程より一回り巨大に見える。これが攻撃本能を表に出した獅子《しし》獣人の姿かとネモは戦慄した。

スーツの下から現れたのは艶《つや》やかな毛皮、百獣の王の証《あかし》たる黄金色。しかしその体表に彫り込まれていた刺青は異様そのものだった。

「なんじゃ……こりゃ……。市長、アンタ一体その体に何を彫り込んだんだ？」

冷や汗がネモの背中を走る。ネモだって一応はチンピラだ。体に刺青を入れている人間など何人も見て来ているし、獣人であれどそれは同じ。しかしガルニダの体のそれは今まで見たどれとも違っていた。整然とした直線の集合体、それはまるで……。

「この街の地図だよ」

あっさりとそう言い切るガルニダ。その通り、ガルニダの体にはネモも見知った街の見取り図がおそらく全身で街全体を表示できる縮尺で彫り込まれていた。しかしネモが恐怖したのはそれにではない。

「その地図の中を蠢《うごめ》いてる点はなんなんだよ、動き回る刺青なんて聞いた事ねーぞ！」

そう、ネモが真に恐れたのはガルニダの全身に彫られた地図の中をまるで虫が這《は》いずり回《まわ》るかのように黒点が動き回っていたことだった。

「まるで、生きてるみたいだろう？　生きているんだ！　私が愛するこの街の！　私が愛する市民たちさ！　私が名前を憶《おぼ》えている五万四千六百二十二人が今どこで何をしているか、それが私の体の上で再現されているんだ！」

ガルニダはうっとりと自らの体表で蠢《うごめ》く気味の悪い刺青を撫《な》でつけた。その指の動きに添って、つつつと一匹の黒丸がガルニダの腹を上る。

「おっと、ミセス・ノルティはあれだけしおらしくしていたのになかなかリッチな店で昼食じゃないか。笑えるね。おお⁉　見てくれネモくん、セシル夫人が配達の牛乳屋と不倫だ。尤も、旦那だって今浮気《うわき》相手の家にいるから痛み分けだがね」

「どうやってそんな事……」

「君の相方が言っていた所の〝聖女の契約書〟さ。その魔力が引き起こす奇跡の力を使ってだよ。アレは普通では考えられない奇跡をいとも簡単に現実のものとする。自由に！　思うがままに！　だから私は大好きなこの街そのものになる事を望んだんだ、市長として当然の行為だとは思うがねぇ⁉」

じりじりと、その異常な体を見せつけながらネモに詰め寄るガルニダ。圧倒的な膂力《りょりょく》と変態性の前にネモは自分という人間も、構えている拳銃も、酷《ひど》く頼りない小さなものに思えて仕方がなかった。こんなものの引き金を引いたところで躱《かわ》され、喉笛を噛《か》み割かれて終わり。むしろ引き金を引かずに頭を垂れる方が生き残る確率が高い。そう確信してしまう程の圧倒的な暴力の風が目の前の百獣の王から吹き荒れていた。

「ネモくん、君は、私の街は、好きかぃぃぃぃぃ？」

とうとうガルニダはネモの眼前まで迫った。むせかえる血の臭い、値踏みするように艶《なま》めかしく動く舌、鮮血の滴《したた》る真っ赤な牙。それらがすぐ傍《そば》でネモに絡《から》みつき、恐怖を引き出し、抵抗心を叩《たた》き潰す。気づけば銃口は地面を向いていた。

「好きに決まってるよなぁ？　生まれも、両親の顔も、自分の名前すら知らず、ネモ《名無し》だなんて呼ばれる街の底辺チンピラで！　そのうち野垂れ死ぬしか未来のない君みたいなカスはぁ！　この街以外に居場所なんかないもんなぁ！」

「うるせぇ……」

「昨夜も殴られていたよなぁ！　あそこはちょうど私の右乳首の上でね！　あぁ……君が殴られているとむず痒《がゆ》い刺激が走って本当に気持ちよかったなぁ……。私の為《ため》にこれからも殴られてくれよぉ！　私の大好きな、私が王のこの街で！」

ネモは瞼《まぶた》の奥から涙があふれて来ているのを感じた。こんな変態の言葉をわざわざ聞き入れてやる必要は無い。そんなことは分かっていた。それでもこの言葉がこんなに憎らしいのは、悔しいのは、恐ろしいのは、彼の言う事が全くもってその通りで、ネモの人生がガルニダの言う所の野垂れ死ぬ以外の未来の無い底辺チンピラそのものだったからだ。

「お前の居場所は死ぬまで私の右乳首の上だ。名無しのネモ」

「全く、神聖なる私の契約書を変態プレイの道具に使うとは……獅子《しし》系獣人の欲は業が深いですねぇ」

泣きそうなネモの耳に、凛《りん》とした鈴を転がすような美しい声が届いた。

「お、お前……死んだはず……」

「さてどうでしょう。こうやって会話ができているという事は死んではいないのではないですかぁ？　それとも幽霊かもしれませんね。はてさて幽霊は貴方《あなた》のそのド変態チックな体の地図には映るのでしょうか」

出会ってからの時間は短いが、ネモはこの美しい声だけは絶対に聞き間違える事は無いと思えた。

「イグニス！」

「やあネモさん。前世ぶり」

にやりと笑うイグニス。その凄惨な笑顔に威圧されたのか、ガルニダが三度《みたび》咆哮《ほうこう》する。しかしそれは怖《おそ》れを含んだ悲鳴に近かった。

「もう一回殺しゃ終《しま》いだろうがぁ！」

　再びガルニダはその有り余る膂力《りょりょく》でもって跳躍し、イグニスに襲い掛かり、喉笛に嚙《か》みつく。

　地面に押し倒されるイグニス、飛び散る鮮血、それでもイグニスの笑みは崩れない。

「へぇ、〝聖女の契約書〟を体内に埋め込み、その魔力で体表に彫った刺青と市民の生活を同期させているんですか。変態にしては中々どうしてよく考えてると言ってあげましょう。ただ魔力を全てそこに回しているせいで他は常人と変わらないですね。この驚異的な膂力《りょりょく》は獅子《しし》系獣人のスタンダードという事ですか、全く怖いですねぇ」

「クソがぁ！　なぜ死なない！」

「あっはははははは！　これは滑稽です！　なぜ死なない？　私を死ねなくしたのは貴方《あなた》がたじゃないですか！　私の力を九十九に分割し、契約書で縛った時、この体はもう私の物ではなくなりました。所有物に影響を及ぼせるのは所有者だけ。つまり私の体の劣化、損傷、その他すべての変化には九十九人の契約書所有者の合意が必要になるんですよ。貴方《あなた》がたが気軽に手を付けた契約書の呪いは、一人の不老不死の女を副産物として生み出したんですよ」

　血だまりの中でイグニスは高笑いしながら言葉を吐く。それに煽《あお》られるようにガルニダはイグニスに爪を立てる、内臓をえぐる、頭蓋をかみ砕く、四肢を捥ぐ、心臓を潰す、だがそれでもイグニスの高笑いは止まらない。

　市長室の一部を天井まで真っ赤に染める凄惨すぎる現場をただ見ている事しかできなかった

ネモをイグニスの目が見据えていた。高笑いをして、ガルニダを挑発しながら、それでもネモを見据えていた。まるで何かを求めるように。

（こんな人外の二人の戦いで俺に一体何しろってんだよ！）

「ガガァ！　なら！　死なねぇと言うのなら！　一生この街の地下に監禁してやる！　世界が終わるその日まで！　お前が日の目を見る事はぁ！」

「本当に……この上なく恐ろしい提案ですよ。私に右腕が……そう、右腕が無ければ……危うく負けてしまっていたところです」

砕かれた顎を何とか修復しながら、息も絶え絶えの様子で呟《つぶや》いたイグニスの言葉はネモにまで届いていた。

（右腕？　右腕ならそこに転がってんじゃねぇか。じゃあなんだ右腕って……今の状況で右腕なんて言やぁ……）

そこまで考えた時、ネモは駆け出していた。憎らしくて悔しくて恐ろしいガルニダの背に向けて。走りながらネモの脳みそは高速で回転する。

（イグニスの言葉じゃあ、ガルニダはあの不気味な刺青以外は常人と同じ。それなら殺せるはずだ、イグニスが右手に構えていたこの拳銃で！　そしてそれを今持っているのは、イグニスの言葉が真実だった今、イグニスの右腕は……）

「俺だぁ！」

駆け付けたそのままの勢いでガルニダの後頭部に右手に持った拳銃を突きつける。

一瞬の静寂。血に、数千年を生きる聖女の不死に、我を忘れていたライオンが状況を把握するまでの一瞬の猶予、最後の言葉を選ぶ一瞬の暇《いとま》。その後、ガルニダは最期《さいご》の咆哮《ほうこう》を上げた。

「私はぁ！　この街がだぁい好きだぁ!!!!」

「俺は大っ嫌いだ馬鹿野郎」

〝パァン〟と乾いた音が一発豪奢《ごうしゃ》な造りの市長室に響き、街を愛し、市民を愛したレイエス市市長、ガルニダ・ジェイコフはその生涯を閉じた。享年三十八。

3

「うわぁ……死んだってのにうぞうぞ動いてやがるぜ、気持ちの悪ぃ」

ガルニダを撃ち殺してから数分後、ネモはさっきまでの凄惨な姿が嘘《うそ》かの様に復活したイグニスと共に死んでもなおその効力を失わないガルニダの体表の地図を確認していた。

「全く、私の全てを見透す〝左目の契約書〟……。この数千年でそれなりに所有者は入れ替わったでしょうが皆こんな変態的な使い方をしていたんですか？　ずっとしますよ全く」

「変態的じゃない使い方があるのか？」

「ありますよ！　この程度の所有者ですからこんな使い方しかできなかったのでしょうが、本来はこんなプライバシーを侵すだけの下卑たのぞきではなく、全てを見透し、見たいものを見たいように見る事すらできる神の如《ごと》き技なんです！」

「ふわふわしてんなぁ、全くわかんねぇよ」

「理解する必要などありません、私が契約書を集めるのは使うためじゃありませんから。二度とこの世に現れない技など、理解するだけ無駄というものです」

「使うためではない」その言葉にどこか引っ掛かりを感じたネモだったが、それを言葉にする前にイグニスがその背をパンと叩《たた》いた。

「そんな事よりも逃げ道です！　銃声を聞きつけて駆けつけるであろう警備員に見つからずに逃げるルートを探るために私達は今この変態ライオンの体を観察している訳でしょう？」

「違いねぇ……っとあったあった。これが俺達が今いる市庁舎だ」

「であれば……見つからずに市長専用の駐車場に出るルートは……これですね」

「なんで駐車場に？」

「この街にある〝聖女の契約書〟はこれ一枚だけですから。さっさとこの街から出ていくために車を拝借しようと思いまして。ネモさん、市長の机からキーを探してもらっても？」

「お安い御用だ」

そう言ってネモは立ち上がり、机を漁《あさ》り始める。

「そういやさっき市長は契約書を体内に埋め込んでどうのと言ってたけどそれはどうやって取

り出す……うわぁスプラッター!!!!!!」

ネモが顔を上げた先にはどこから取り出したのかナイフを使ってガルニダの死体の腹部を切り開きながら両手を突っ込みぐにぐにと動かしているイグニスが居た。

「しょうがないでしょう。こうするしかないんですから」

「しょうがないったって……女の子が男の腹に手を突っ込んで……」

「はぁ？　ネモさんの貞操観念は変な所を気にしますね」

そう言ってイグニスが取り出したのは血まみれの辛《かろ》うじて羊皮紙だと判別できるモノであった。それを取り出した途端、ガルニダの体表で蠢《うごめ》いていた黒点が一斉に動きを止めた。

「これで本当にガルニダも死ねたというものです」

そう言ってイグニスは手を合わせ、目を閉じた。その姿は〝堂に入る〟とか〝様になっている〟とかそんな言葉を使うのもはばかられるほど自然体で、所作の一つ一つが美しく、つられてネモも手を合わせ冥福を祈ってしまう程だった。

「さて、私の目的はこれで完了です」

「そうか、だったらさっさと逃げよう。車のキーも見つかったしな」

ネモはプラプラとキーホルダーのついた銀色の鍵を示す。しかしイグニスはその場を動こうとはしなかった。

「ネモさん。貴方《あなた》はどうします？」

「どうするったって……俺だって逃げるしかねーだろ。市長を殺したテロリストにゃなりたくねぇ」

「全く認識が甘いですよネモさんは。今貴方《あなた》は人生の岐路に立っているんです」

「岐路？」

「そうですよ、貴方《あなた》はここから逃げるのか、それとも今までの人生と決別して旅立つのか」

「やることは変わんねぇだろ」

「そうですね。でも心持ちが違うじゃないですか、逃げ出すよりも何かを求めて旅立つのとでは。それにテロリストになりたくないから逃げ出す、ではどこまで行ったってこの変態ライオンが言っていた底辺チンピラで終わりの人生ですよ」

「分かった分かった。俺は旅立つ。これでいいか？」

「いいわけないでしょう。旅とは自らの意思で理想に向かって一歩を踏み出す崇高な精神が必要なんです。人から出ろと言われて出るものを旅とは言いません」

「ああ？　めんどくせえなぁ」

「人間なら自分の人生に主体性を持てという話です。ネモさん、貴方《あなた》は一体どんな人生をお求めで？」

求める人生、考えたこともないとネモは鼻で笑いそうになった。両親の顔も知らない、金もない、力もない。そんな人間には人生を選ぶ権利すらないのだ。しかし、仮に自ら選び取る、望む人生があるとすれば……。

「俺は、面白おかしい人生がいい。死ぬ瞬間まで心の底から面白おかしく生きてみたい」

「ぷぷぷ、意外と享楽主義者なんですね、ネモさんは。でもとても人間らしくて素敵だと思います」

くすくすと笑いながらネモの理想を肯定するイグニス。

「では改めてのお誘いです。私と一緒に旅に出ませんか？　とびきり面白おかしい旅に」

「いいぜ、俺は旅に出る。イグニス、アンタと一緒にとびきり面白おかしい旅に」

イグニス・ファルフレーンがそう言って出した手をネモは力強く握った。

4

市庁舎の奥、誰の目にも留まらない屋根付きの車庫。ガルニダの地図のおかげでそこまで誰にも会う事なく辿《たど》り着《つ》いたネモとイグニスはそこに鎮座していた車を見て思わず唸《うな》り声をあげた。〝シボレー・シェベルSS396〟、マットな質感のグリーンに塗装し直されたスマートでありながら質実剛健を感じさせるツードアのクーペスタイルのマッスルカー。

「へぇ……あの変態市長、色々と終わってる奴《やつ》だったけど、車の趣味だけはどうにも最高じゃねぇか」

「うむむ、私の契約書をあんな使い方していたライオンを褒めたくはないですが、なかなかどうして……素晴らしいじゃないですか……！」

「なぁ、今からコイツで旅に出るのか⁉　出るんだよな⁉」

「そうですよ。私は〝聖女の契約書〟を探しに、ネモさんは面白おかしく生きるために」

「すげぇ、一気にたぎって来たぁ！　運転やらせてくれよ！」

「もちろん！　好きにしてください！」

二人は喜び勇んでドアを開け、車内に躍り込む。

途端に視界に飛び込んできたのは、車内に所狭しと詰め込まれたレイエス市のイメージカラーであるショッキングピンクをあしらった様々なグッズの数々。

レイエス市のマスコットキャラクター、レイくんの不細工なぬいぐるみ、愛ラブレイエスと書かれたハンドルカバーにシートカバーにキーホルダー、その他この世のダサいグッズを全て集めたかのような目に痛い車内に、二人は揃《そろ》って肩を落とした。

「前言撤回、やっぱあの市長センス終わってるわ」

「同感ですね。しかしあまり長居もできません。車の掃除はとりあえず後回しで出発するしかないでしょう」

「えー、テンション下がるなぁ……」

言いながらネモは運転席に腰かけイグニッションキーを回す。ドルンとV8エンジンが派手にフケ上がり、独特のドロドロとした音でアイドリングを始め、車と二人の旅に命が灯《とも》った事を告げた。アクセルを踏み込むと四本のタイヤがしっかりと地面を噛《か》み、車窓を流れる景色は段々と速度を上げていった。

「なぁ」

ルームミラーにぶら下げられた愛ラブレイエスのキーホルダーを千切って窓の外に捨てながら、ネモは口を開いた。

「そういやさ、イグニスは何を求めて旅をしてるんだ？」

「さっきも言ったでしょうに。〝聖女の契約書〟ですよ」

助手席に座るイグニスが窓からレイくんぬいぐるみをぽんと放り投げながらこともなげに言う。

「でも能力を使いたくて集めてるわけじゃないんだろ？　〝聖女の契約書〟を取り返して、体を取り返して、それで何がしたいんだ？」

ダッシュボードの上にある「レイエスの街の香りをお届け！　スーパーフレグランス！」の文字が書かれた瓶を走る車内からアスファルトに叩《たた》きつけてネモは聞き返す。

「体を取り戻して何をする……ですか……。なかなか踏み込んだ質問じゃないですか」

「右腕とまで呼ばれちまったからな。それっぽいことやっとこうかと。嫌ならやめるけど」

「いや構いません。私の目的なんてほんの些末《さまつ》な事ですから」

そう言ってイグニスは今度はレイくんぬいぐるみを抱えて、物憂《ものう》げに微笑《ほほえ》んだ。

「私の目的は……死ぬことなんですよ。元の体に戻ってね」

「そっか」

ネモは甘ったるい市長の声でレイエス市賛歌を歌い上げるカセットテープをデッキから取り出し、雲一つない空に向かって高く放り投げた。

「聞かないんですね、深くは」

愛ラブレイエスTシャツを五枚ほど窓の外を吹き抜ける風に流してイグニスが呟《つぶや》く。

「死ぬだの生きるだの、他人が口を挟む話でもねーからな」

車内を吹き抜ける風がフレグランスと市長の甘い歌声の残り香を外へ排出するのを感じながら考え直したネモは今の自分の言葉を否定する言葉を紡《つむ》いだ。

「いや違うな、むしろ口を挟むべき話だ。人の生き死になんてのは。でも俺が今なにも言わないのはあまりにもイグニスの事を何も知らないからだ。そして生き死にの話なんてのは何も知らない奴《やつ》がずかずかと踏み込んでいい場所じゃねぇと思ったからだ」

「全く、誠実な男ですね、ネモさんは」

「面白おかしい話になるわけもないからしたくないってのもあるけどな」

「ますますもって馬鹿正直な男ですね。なら私から一つ、ネモさんに踏み込んだ質問を。なんでまたそんなにトンチキで可愛《かわい》いシャツを着ているんですか？」

「ははっ、それこそ面白おかしいからだよ。俺の人生何も面白おかしい事が無かったから、せめて服だけはと思ってさ」

「人柄が表れてますねぇ」

「そいつはどうも。さて、お互いに一つ踏み込んで仲が深まったところで頼みがあるんだが」

「なんですか？　ネモさん」

「そのネモさんってのやめてくれねぇか？　なんかむずむずして気持ち悪くなる。一応数千歳も年上だし。根は体育会系なんだよ」

一瞬きょとんとするイグニス。しかしすぐにその表情を崩し、大きく笑いながら抱えたぬいぐるみを窓の外に捨てた。

「あっはっは！　私達、楽しい旅ができそうじゃないですか！　ネモくん！」

抜けるような青空の下、窓から沢山のセンスの悪いグッズを次々に投げては道をピンクに染めながら、死にたがりの不死の聖女と面白おかしく生きたいチンピラは旅を始めた。

第一章 巨大な亀は車を食う

1

何もない赤茶けた荒野の中に延びる果てしない直線道路。そのロードサイドの古ぼけたドライブインに深緑色のシェベルSS396は停《と》まっていた。

「限界だ。分かるかイグニス、俺はもう限界なんだ」

「たかだか十年だか二十年そこらしか生きていない青二才が何を分かったように言ってるんですか？　限界というのはまさに今の私のような者のことを言うんです」

一触即発の空気が流れる薄汚いドライブインの中、明滅する照明に照らされてお互いが眉間にしわを寄せにらみ合う。

二人の間にある安っぽいテーブルには湯気をたてる一杯のラーメンが置かれていた。

「だいたいアンタが一銭も持ってないせいでもう三日もまともな飯食ってないんだ！　不死ならいいじゃん食わなくても！」

「死ねない分、感じる空腹はネモくんのそれより数段上なんですが⁉　いや、やめましょう。口論していてもお腹《なか》が空くだけです。どちらがラーメンを食べるかきっちりと決着を付けようじゃないですか！」

「どうやって」

「ふふん、ネモくんは知らないかもですが古の聖女の時代から続く非常にいい方法があるのです。腕力にも頭脳にも頼らない公平で平等な決め方が。まずはお互いに肩の高さにこう、手を出して三すくみになる手の形を……」

「アンタ数千年だか引き籠ってて知らないかもだけどそれじゃんけんって名前で死ぬほどメジャーになってるからな」

「……負けた方が服を一枚ずつ脱いでいき全裸になった方が負けです」

「あっ！　今足しただろ！」

「足してません！　古の聖女の時代から続くネモくんの知りもしない高度で知性的な儀式です！　己の無知を恥じなさい！」

「とっさに足したところで野球拳にしかなってねぇところがいかにもアンタらしいよ」

「ヤキュウケン……？　はて？」

「聖女様の知らない高度で知性的な儀式だよ」

「随分と馬鹿にしてくれるじゃないですか！　いいですよもうそれで！　さっさとしましょう。ほら手を出して」

「食えない可能性がある以上嫌だね。それよりこうすりゃいいんだよ！」

そう言うとネモは勢いよくラーメンに箸を突き立て、一息に麺をすすり上げた。

「あー！　あー！　私のラーメン！　ふざけんじゃないですよ！」

「脱いでください！　ネモくんはラーメンを食べたかもしれませんが私との勝負から逃げました！　負けです！　脱いでください！」

「分かった分かった、野球拳方式でいいなら楽勝だ」

ネモは得意満面といった表情で羽織っていた柄シャツに手をかける。

「そんな生ぬるい脱ぎ方で私のラーメンに手を付けた罪が清算されるわけがないでしょうが！下ですよ下！」

「おまっ！　外だぞここ！」

「うるさいですよ！　脱がないんだったらラーメン返してください！　今すぐ！」

「クソが！　どうなっても知らねぇからな！」

ネモは立ち上がりベルトに手をかけ勢いよくズボンを脱ぎ去った。

「どうだ！　これで文句ない男の脱ぎっぷりだろが畜生め！」

顔を上げたネモの前には、まるでリスの様に頬を膨らませたイグニスがいた。

「おい」

「ふってまふぇん」

「ふっざけんなテメェ！　人が見てねぇ間に！」

「うまうま」

「畜生！　お前も脱げよ！」

「ハァ⁉　聖女にこんな公衆の面前で何をふざけたことを！」

「最初に野球拳提示しといてどの口が！　いいから脱げ！　食ったんなら脱げ！　お前が始めたゲームだろうが！」

「はいはい脱げばいいんでしょう脱げば！　言っておきますけどねぇ！　私はネモくんみたいにしゃらくさい脱ぎ方はしませんよ！」

イグニスはばさりと胸元を覆っていた純白のシスターケープを思いっきり脱ぎ棄《す》てた。その結果、露《あらわ》になる胸の谷間。

「テメッ！　人にはあれだけ偉そうに言っといてその程度かよ！」

「ハァ⁉　谷間が見えるでしょうが谷間が！　こんなのパンツ見せてるネモくんよりよっぽど恥ずかしいんですからね！」

「舐《な》めんな！　脱ぐって事はこういう事だと俺が教えてやらぁ！」

ネモは柄シャツを脱ぎ捨てると、箸を取りラーメンに手を付けた。

「ネモくんだって日和って二枚目は柄シャツじゃないですか！」

イグニスも今度は頭に被っていたシスターベールを放り投げると負けじと手を伸ばした。一口食べるごとに衣服が二人の横に積み上がり、それに伴ってどんどん身軽になっていく二人。

気づけばネモはパンツ一枚、イグニスは下着姿になっていた。

「お互い……後戻りできない所まで来てしまいましたね」

「ああ……これ以上は……人間としての尊厳を捨てることになる……しかし……」

二人は腹が減っていた。食欲か尊厳か、その狭間《はざま》で揺れ動く二人。意を決して動いたのはイグニスだった。漆黒の下着に手をかけると同時に箸を持ち残り少ないラーメンに手をかけたその瞬間……。

「お客さん、ウチ、そういう店じゃないんで」

突如かけられた制止の声。目をやるとそこには強面《こわもて》で筋肉質のダイナー店主が怒りを抑えるのに精いっぱいといった表情で立っていた。浅黒い肌の上をミミズの様に走る血管がビクビクとのたうち、バルクアップした筋肉が怒りのオーラを放つ。

「選べ、服を着るか、店を出てくか」

「「はい！　すいません！」」

勢いよく頭を下げた二人は、激高した店主に見守られながらいそいそと服を着た。残りのラーメンは伸びた。

2

「満腹には程遠いですが、ひとまずお腹《なか》は膨れました」

しっかりと服を着て聖女に戻ったイグニスはすっかり伸びてしまったラーメンをすすり上げ丁寧に汁まで飲み干した後、一息ついてそう言った。

「同じくだ。まぁしゃーねぇ。二人旅ってのはこういうモンだ」

「全く、優しいですね。ネモくんは」

「あ？ 普通だろ？」

「普通ではありませんよ。あの悪徳の街でも言った通り貴方《あなた》のような人は、出会い難《がた》い善人です。しかし……どうしてもラーメンを食べたかったなら手段を選ばずに自分の物にするべきだったのです」

「なんだなんだ説教か？」

「そうです」

「勘弁してくれ。食べたとはいえ腹は減ってるんだ。聖女の説教じゃ腹は膨れない」

呆《あき》れたように頭を振るネモ。それでもイグニスは真面目なトーンを崩さず口を開いた。

「そうですね、貴方《あなた》は聖女の説教ではなく、きっと現実的なアプローチで自分の腹を満たすべきだったのです。私がテーブルに着く前に食べきってしまうとか、そもそも私が寝ている時にドライブインに立ち寄って一人で食べるとか」

「そりゃ……卑怯《ひきょう》じゃねぇかよ。二人とも腹が減ってんのに」

「そういう所が甘いんですよネモくんは。誠実さは美徳ではなく欠点で、狡猾《こうかつ》さは見方を変えれば美徳です。そして……」

　そこでイグニスはネモの口元に飛んでいたラーメンの汁を人差し指で拭うとぺろりと舐《な》めた。

「卑怯《ひきょう》を上手《うま》く扱えないのは個性でも長所でもなく、不器用という名前の治さなければならない病気みたいなものなんですよ」

「なるほど、卑怯者《ひきょうもの》の聖女様は俺より一滴《ひとしずく》多くラーメンを手に入れた訳か。みみっちぃねぇ」

「うるさいですよ。とにかく、兎《うさぎ》と亀の童話は現実じゃ通じないという話です。私が好きな人間は誠実さが取り柄の木偶《でく》みたいな亀を足蹴に進み続ける、眠らない兎《うさぎ》なんです」

「全人類の理想じゃねーか。そんな人間になれたらどれだけいいか」

「理想への道筋が旅なんですよ。おっと、これは前にも言いましたね」

「はいはい。なんというか段々アンタの考え方がわかってきた気がするよ。しかし流石《さすが》聖女様だ。説教が上手《うま》い」

「ふふん。そうでしょうそうでしょう。あれだけ頑張って暗記しましたから」

「ん？　暗記？」

「あ、いや、それは……その……」

「なんだかお前を小ばかにできそうなチャンスを見つけた気分だ。詳しく教えろよ、イグニスの言うところの卑怯《ひきょう》を上手《うま》く扱うネモくんになるためだ、聞き出すまで絶対に諦めないからな」

「あ、あのですね？　私は自慢じゃないですが結構口下手な方でして、でも聖女たるもの説教くらいはできなけりゃダメだろって……当時の人達に激詰めされまして……。だからそれっぽい言い回しとか話す内容とか、全部暗記したんです」

「何を」

「今でいう……ビジネス新書みたいなやつ……です」

「かー！　お前ビジネス書の受け売りで人様に偉そうに語ってたのかよ！　ペラい！　ペラすぎる！　人間が！　人間性が！　なに？　聖女って当時のビジネス系インフルエンサーなの？」

「し、失礼な！」

「どうでもいいけど当時の人には通じたのかぁ？　それ」

「ごく一部には通じ……ましたかね？　凄《すご》く刺さって信者になった子とかいましたし。でもまあ通用しなかったからこそ反乱起きて能力封じられたみたいなところもありまして……」

「垢《あか》BANされるビジネス系ユーチューバーまんまの末路辿《たど》ってんな」

「ま、まあ、人間の営みなんか何千年かけても変わらないってことですよ！」

イグニスはバンとテーブルに手をついて立ち上がると強引に話を終わらせにかかった。

「まあ私の恥ずかしい過去はもういいじゃないですか！　二人の腹が膨れ、説教も終えて気持ち良くなった今、こんなさびれたドライブインにはオサラバして次なる目的地に向かうときです！」

「しゃーない。どこへなりとも付き合いますよ。インフル聖女サマ」

「それだとなんだか私が病気みたいじゃないですか！」

二人はラーメン一杯分の代金をカウンターに置くと店を出て、もうとっぷり日も暮れた駐車場へ次なる旅に心勇んで歩を進めた。

「ねえねえネモくん、今回は私が運転してもいいですか？」

「やだ。絶対にやだ」

「ケチ！　いいじゃないですか。私だって人並みに運転くらいはできるんですよ？」

「イグニスの運転がどうとかじゃあねえんだよ。あの車を駆る爽快感といったらもうこの世の何物にも代えがたいね。ああ愛《いと》しのシェベルちゃん、今行くぞー！」

そう言って我慢できずにネモは愛車に向かって駆け出す。少し遅れてイグニスも。

「「……」」

そこで見たのは二人の重要な移動手段。市長から奪い、今は二人の物となったシボレー・シェベルＳＳ３９６。最早《もはや》芸術品の如《ごと》き美しさのマットなグリーン塗装に、密《ひそ》かにイグニスが三回こっそり頬ずりし、ネモが八十回ガッツリ頬ずりした名車が、その何千倍もの体躯《たいく》を持つ巨大な亀の大きな口にペロリと飲み込まれていったところだった。

「ネモくん……あれは一体なんですか」

「亀……だな。巨大な亀」

「なんで亀なんですかねぇ……」

「えー、あれだ……イグニスがさっき店の中で亀をバカにしたからじゃねぇか？　ほら言ってたろ？　木偶《でく》みたいな亀を足蹴にしてとかなんとか」

「あれくらいの比喩でこのサイズに出てこられると流石《さすが》に割に合わないと思うんですが……」

「まぁとにかく俺達のすることは一つだ」

「そうですね。あの車を失う事だけは絶対にできません」

イグニスはシスター服の裾をまくり上げ、ネモは足の筋を伸ばす。

「「待てや亀野郎!!!!!!」」

そう叫ぶと二人は、車を食べ終え、のそのそと駐車場を後にする巨大な亀を追って走り出した。

3

漆黒の闇に包まれた洞窟。それが岩でできたただの自然物ではない事はネモの足元から伝わってくる若干ふわふわとした感触からも明らかだった。

手元のライターの頼りない明かりが壁や床を照らすと肉色のそれの表面を覆うてらてらとした粘液がわずかに反射を返す。わずかに蠕動《ぜんどう》を繰り返す内臓の洞窟。グロテスクともいえるこの景色の中を、粘液にまみれべとべとの二人はぬちゃりぬちゃりと肉を踏みしめながら歩を進めていた。

「ネモくん、気を付けてくださいね。貴方《あなた》の持っているライターだけが生命線ですから。慎重に、丁寧に扱ってください。そうまるでネモくんが愛《いと》しの女性を抱くときのように……」

「目の前の人間で気持ち悪い想像をするな。そもそもアンタがこんな軽率な行動をしなけりゃ！」

ネモの脳裏に、巨大な亀を追いかけた時の光景が蘇《よみがえ》る。まさに亀の歩みといったもので追いつくのは簡単だった。しかし問題なのは丸呑《まるの》みされてしまった車をどう取り返すか。考えあぐねてネモが亀と並走を始めた頃、イグニスが大きな声でネモを呼んだ。

――『ネモくん！　ここから中に入れそうです！』

――『でかしたイグニス！　ってそこケツの穴じゃねーか！』

――『馬鹿ですねぇネモくん。亀のここは総排泄腔《そうはいせつこう》と言って水を吸って空気を取り込んだりする穴なんですよ！』

――『な、なるほどぉ！』

――『という訳で一足お先に行きますね！　ついてきて下さいネモくん！』

──『あ、待て！　ちょ！　おい！』

「とまあ勢い任せに飛び込んだはいいもののどうするんだよ。ここを進めば俺たちは車にたどり着けるのか？」

「その点は大丈夫ですよ。総排泄腔《そうはいせつこう》の名の通り糞《ふん》も通る穴ですから。食ったものが糞《ふん》になるのは世界共通、変わらない事実です」

「なら安心だ……ってお前！　結局俺達はケツの穴から入ったって事じゃねぇか！」

「総排泄腔《そうはいせつこう》です！　名称が変われば気持ちが変わります！　気持ちが変われば心が変わります！　心が変われば事実が変わります！」

「ふざけんな！　クソが出る穴ならケツだ！　揺るぎない事実はそれだけで、俺達はケツからこのドン亀の中に入ったんだ！」

両頰を押さえて屁理屈《へりくつ》を言うイグニスの口をむぎゅうと潰しながらネモは厳然たる事実を突きつける。

「はいはい分かりました！　ああもう、ネモくんは乱暴ですねぇ！　次はちゃんと言いますよ！『ネモくん？　今から亀に君とお尻の穴から潜入したいと思うんですけどどうします？』ってね！」

「ああ、一字一句違わずそうしてくれ」

ふんと鼻を鳴らし、進行方向へ向き直るネモ。途端に蘇《よみがえ》る沈黙と、亀の内臓を踏みしめているという不気味さ。一分と耐え切れずネモは再び口を開いた。

「でもさ、よかったじゃねぇか」

「なにがですか？」

「いや、この亀はとにかくデカすぎるだろ？　人間二人入れるケツの穴もそうだが……」

「総排泄腔《そうはいせつこう》！」

「……ケツの穴！　もそうだが街ひとつ歩いてんじゃねぇのかってくらいのデカさだ。こんなの自然じゃあり得ねぇ。きっと〝聖女の契約書〟が引き起こす奇跡がらみだ。偶然出会えたのはラッキーとさえ言っていいんじゃねぇか？」

「確かに自然界で最大の亀と言えばウミガメのオサガメで大きさはせいぜい二メートルほどです。リクガメでこの大きさはあり得ません」

「なんでさらっとそんな情報が出てくんの？　総排泄腔《そうはいせつこう》の事といい……なんなの？　亀博士なの？」

「亀が好きなんですよ！　いいでしょう別に」

「なんで？」

「なんでって……ほら……エロいじゃないですか……だからいろいろと調べていくうちに詳しくなったんですよ。私もほら……エロいから……」

「エロ聖女が」

「失敬な！　ネモくんが聞いてきたくせに！」

「亀にエロを感じるな。思春期真っ盛りのティーンエージャーじゃあるまいし」

「むぅ、そうやって馬鹿にしますけどね、ネモくんの奇跡に対する認識だって私からすると馬鹿にされてしかるべきものですよ」

「ああ？　どういうことだよ」

「この世に奇跡をもたらすものはなにも〝聖女の契約書〟だけじゃないということです」

「え、そうなの？」

「当たり前ではないですか。有名どころで言うと〝甘い巨人の四肢〟〝ゼンエル動物図鑑の失われたページ〟〝賢者と愚者の墳墓〟〝漂着した残骸〟あたりですかね。私が把握していない物や細かいものを含めるともう数えきれないでしょう。これら奇跡を起こせる道具は遺物《アーティファクト》と呼ばれています」

「なるほど、じゃあこのドン亀がイグニスの〝聖女の契約書〟絡《がら》みかどうかは……」

「まださっぱりわかりませんね。奇跡というのはそれほどまでに人知を超えた現象なのです。まあ最近は奇跡を調査して対処する組織なんてのもあるらしいですが、所詮ヒトの浅知恵です」

「へー……」

そこで少し、ネモは言葉を止めた。その微妙な沈黙に、イグニスは思う所があったようで口を開く。

「ネモくんの考えてる事なら分かりますよ。〝世の中に奇跡が溢《あふ》れているなら、不死を殺す奇跡もあるんじゃないか〟これでしょう？」

「すげーぜ、エロ聖女改め名探偵聖女サマだ」

「そんな顔して黙りこくれば誰にでもわかります。その疑問の答えですが、もちろんあります。〝ダーキッシュの大杭《おおくい》〟に〝トートロジーマン〟……」

　指折り数えるイグニス。自分を殺すことができる道具をすらすらと列挙するイグニスにネモは少し閉口した。

「でも一番メジャーなのは〝神殺しのシルバーブレット〟でしょうね。あれは比較的手に入りやすい上に、奇跡の一段上の存在ですから」

「一段上？」

「ゲームの中に不死身キャラが居ると想像してみてください。ゲーム内部の武器ではどうしたって殺せない。シルバーブレットはそのゲーム機自体をハンマーでぶん殴って破壊するって感じです」

「なるほどな、次元が違うって訳だ」

「規格外ですよ全く。そして何より入手性がいいのです。工房である程度の量産がされていて、それなりの伝手《つて》さえあれば普通に買えてしまいますから」

「量産しなけりゃならない程、アンタみたいな不死ってのは嫌われてんのか？」

「いいえ、不死を殺せるなんてついでのような物です。この弾丸はたった一人に対抗するために今もなお作られ続けているのです。名前をちゃんと聞いていましたか？」

「シルバーブレット？」

「〝神殺しの〟シルバーブレットです。文字通りこれは神さまを殺すために作られた弾丸なのです。世界を混沌《こんとん》の渦に落とし込んだ大罪人である〝神さま〟をね」

「なんでまた神さまが大罪人なんだよ。あまねく衆生《しゅじょう》を救うのが神さまじゃねぇのか？」

「それは神さまを失った後の聖女の仕事です。即《すなわ》ち私です！」

「アンタはそう言うけどさぁ……別に今更信じてない訳じゃないんだけどさぁ……」

「何か言いたげじゃないですか」

「正直アンタに世界を治めてたとかいうスケールを感じない」

「分かってないですねぇ！　真の為政者というのはフランクなものなのです！　ネモくんの矮《わい》小《しょう》なイメージなんかでは想像もできない世界なんですよ！」

「ほらそうやってすぐムキになるとこが」

「ムキー！」

「分かった分かった。神さまに話を戻そう。大罪人がなんだって？」

軽くいなされたイグニスはため息を一つ吐いて話を続ける。

「ネモくんは元々この世界が地球と呼ばれ、人間だけの世界だった事はご存じですか？」

「人間だけってーと獣人も亜人もいない？　人間原理主義者の都合のいいおとぎ話だろ」

「ところが真実なのです。私の生まれるもっと前は奇跡も獣人も存在しない、それはそれはつまらない世界だったそうですよ。そこに神さまが降臨して、今の世界を作りました」

「どうやって」

「地球と、並行宇宙に存在する数多《あまた》の異世界とをぐちゃぐちゃに混ぜてしまったんですよ。それはもうぐちゃぐちゃに」

「すげぇや、何一つよくわからねぇ」

「具体例を挙げるなら……ネモくんが私から借りパクしている拳銃や、市長から奪った車、吸ってる煙草《たばこ》なんてのは地球にルーツを持つものらしいですよ。逆に私の持っていた奇跡なんてのは地球ではない異世界にルーツを持つ力です」

「へぇ、こいつがねぇ……」

ネモは懐《ふところ》から煙草《たばこ》を取り出し、パッケージをしげしげと眺める。ついでに一本取り出し、そのまま火を点《つ》けた。

「まあ今となっては詮無き事です。全てはこの世界のスタンダード。有るものは有って、無いものは無いのです」

「まあ今生きてる俺達からすりゃその感覚だよな。しかし俺はその大罪人とかいう神さまに逆に感謝したい気持ちだね」

「おや、どうして」

「こうやって聖女のイグニスとお喋《しゃべ》りしながら煙草《たばこ》が吸えるからさ」

ネモはにやりと笑って煙を吹いた。

「神さまが世界をこんなトンチキな形にしなけりゃ交わらなかったもののおかげで今の俺は退屈知らずだ。少なくとも地球だなんてダサい名前の世界にゃ負ける気しないね」

あっけらかんとそう言い放つネモの姿にイグニスはくすくすと笑い声をあげた。

「とてもレイエスのゴミ捨て場で腐っていた人間の口から出る言葉とは思えませんね。今のネモくんの毎日が楽しいのは私のおかげではないでしょうか？」

「あはは、じゃあアンタが俺にとっての神さまかな。毎日感謝してるよ」

「ふふん、悪い気はしませんね。たまには神さまと呼ばれるのも」

「なんちゃって神さまは置いといて、本物の神さまは世界を作った後どうしたんだ？」

「だーれも知りません。もしまだこの世界に居るのなら私より長生きしている唯一の存在といえるでしょう」

「前言撤回だ。アンタの話はスケールがでけぇや」

「神さまですから」

イグニスは先ほどのくすくす笑いとはまた違う、天使のような微笑《ほほえ》みを浮かべてネモを見た。

「ネモくんだけの、ね」

その表情に面食らってどぎまぎしたネモは思わず目を逸《そ》らし、慌てて話題を変えた。

「し、しかし、そのシルバーブレットってのはアンタも殺せるのか？」

「もちろん。神さまを殺す弾丸なんですよ？　私程度の不死なんてイチコロです」

「イチコロなのかよ。イグニスの不死ってどうなってんだ？」

「私の不死はなんというかパソコンとかのバックアップに近いですね。体が損傷すると健康な状態の私の情報を参照して不死の呪いが魔力を使い再構成するみたいな。上手《うま》く扱えば理想の私を実現するなんてこともできるんですすよ」

「へぇ、どんなふうに？」

「例えば、私がこの豊満で気品あふれる胸に不満を持ったとしましょう」

「ああ、アンタのデカパイ、なんか下品だもんな。好みだけど」

「ぶっ殺しますよ？　ただまぁ、好みと言ってくれたので許しましょう」

「ちょろい女」

「うるさいですよ！　とにかく死んで、再構成されるときに呪いが持っている健康な状態の私という情報を書き換えるんです。巨乳は異常で、貧乳こそ正常な状況だと。そうすれば再構成の時に胸が小さくなります」

「おお！　簡単にノーリスク整形できるって事か！　情報の書き換えってのはどうやるん

だ？」

「気合です」

「ん？」

「気合です。滅茶苦茶《めちゃくちゃ》強く願うんです、「巨乳は異常！　貧乳が正常！」と。私の体の事ですからね、私が心からそれを信じることができれば、書き換えは成功します」

「成功率は？」

「そもそもが私は自分の美貌と美ボディに絶対の自信を持っていますから試したことなんて……」

「やった事ないにしてはやり方に詳しすぎる。成功率は？」

イグニスは頬を膨らませてむむむと唸《うな》りながらネモを睨《にら》む。

「……昔、目の下に黒子《ほくろ》ができた時に絶望して五回くらいチャレンジしました」

「なるほどな、今、イグニスの目の下にはキュートな泣き黒子《ぼくろ》が一つあるって事は成功率はゼロって事だ」

「理論上はできるはずなんです！　しかしまあ、黒子《ほくろ》くらいでは心から自分を騙《だま》して信じ切ることができないようですね」

「なるほどなぁ、何かと便利なびっくり特技だと思ったんだが、そう簡単にはいかしちゃくれねぇか」

「披露する度に一回死ななければならないんですがそのびっくり特技。何かと便利に使おうとしないでください」

「ははっ、たしかにその通りだ。悪かったよ」

軽い笑い声で話を終わらせたネモ。その何かのみ込んだような雰囲気にイグニスは口をとがらせた。

「……そんな事より、私に聞きたいことがあるんじゃないですか？」

「聞いていいのか？」

「当たり前でしょう。生き死にに関わる事だからネモくんに遠慮があるかもしれませんが、私はそれよりネモくんが言いたいことを言ってくれない方が悲しいです」

「そうかい。じゃあ聞かせてもらうけど、死にたがりのアンタはなんでそのシルバーブレットとやらを使わないんだ？　契約書を集めるなんてめんどくさい事をするよりずっと簡単そうに思えるが」

「私は契約書を全て集めて、まともな体に戻ってから死にたいのですよ。死に方だって決めてます。老衰です。それ以外は絶対にごめんです。それこそ死ぬほど恐ろしいですよ」

「そりゃまたなんで」

それまで軽快に、飄々《ひょうひょう》とした笑顔で言葉を吐いていたイグニスの唇が薄くゆがんだ。眉を顰《ひそ》め、悲しいような、嬉《うれ》しいような、楽しいような、寂しいようなそんな複雑な表情がイグニスの顔に浮かんだ。がライターの炎の儚《はかな》い揺らめき一つの間にそれは消え、元のイグニスに戻っていた。

「ある人とそんな約束をしたんですよ。私の心臓の契約書の持ち主と」

「んだよ元カレとののろけかよ」

「そんなロマンチックな話じゃないですよ。というか約束したのは女性です。もうちょっと大人な、青臭いネモくんには理解できない次元の話です」

「興味もねー」

ネモは少しいじけたように足元の亀の肉壁を蹴とばす。するとそこの部分の肉壁がぼろぼろと崩れてしまった。

「何をやっているんですかネモくん！　亀さんに謝ってください！　ほら謝って！」

「ああごめんよぉ亀さん！　そんなつもりは……」

呟《つぶや》きながらネモが崩れた肉壁を元の場所に戻そうとしゃがみ込む。

「うわぁ！」

しかしネモは素っ頓狂な声を上げてその場に転げてしまった。

「今度はなんですか。騒々しい」

「い、イグニス……これ……」

ネモが指さす、崩れた肉壁の中には人間の左腕らしきものがあった。粘液にまみれ、ぴくぴくと蠕動《ぜんどう》する左腕が肉壁の一部として文字通り生えていた。

「ふむ、完全に同化していますね。こんなデカい亀が自然に発生するはずがないとはさっき言いましたが、これで人工物というのが確定しました」

腕は毒々しいピンク色でところどころ腐敗し、ぐずぐずになった肉が熟れ過ぎた果実の様に今にも骨から零《こぼ》れ落《お》ちてしまいそうになっていた。そこまで確認したところでネモの喉からえずきが漏れる。「勘弁してくれ」そんな言葉がぴったりの表情を浮かべてネモがグロテスクな光景から目を逸《そ》らした。

「誰かがこの大亀を作ったのですよ。人間を材料に」

「ダメ押しの一言どうも。しかし随分と冷静じゃねぇか」

そうつぶやくネモに対してイグニスは妖しく笑って告げる。

「さっきも言った通り、奇跡は世に溢《あふ》れているのですよ。ネモくんにも慣れてもらわなければ困ります」

「ちょっと無理だわ、早く離れたい。俺、グロはちょっと苦手」

「わかりました。しかしネモくん、この巨大さの亀です。材料になった人間の数を考えると軽々に壁を蹴っ飛ばさない方が無難というものです。そんなにグロいものが苦手ならばね」

「こんなのがごろごろ出て来るってか……耐えらんねぇよ。俺は結構繊細……」

と、動いていたネモの口をイグニスが片手で遮る。

「シッ静かに……人の声がします」

口を閉じる二人。確かにイグニスの言う通り、時折吹き抜ける湿ったぬるい風に混じって少し遠くからヒトの、しかも助けを求める声らしきものが二人に届いた。

「おい、これは人の形をした人間なんだろうな」

「ふふん、それを確かめてみるのもまた一興というものですよ。動いて喋《しゃべ》っておまけに踊る、愉快な腐った肉塊だという可能性ももちろんあります」

「勘弁してくれ、そうなりゃお前をその場に置いて逃げるからな」

イグニスはそんなネモの軽口を軽く笑って流す。この空間がすっかり苦手になってしまったネモが恐怖を紛らわす為《ため》かべらべらとその口を動かし、イグニスがそれを「はいはい」といなしながら歩く事数分。

二人の目の前に現れたのはこれぞ間抜けといった光景だった。ネモがそれまでべらべらとまわしていた口を思わずあんぐりと開けてしまう程に。

壁にぽっかりと空いた穴、そこにすっぽりと大柄の獣人が嵌《はま》っていた。いや、嵌《はま》っていたのは獣人と推測された、の方が正しかった。なにしろ二人に今見えているのは壁から生える巨大なパンツスーツ姿の尻と、そこから生える灰色の大きな尻尾だけだったのだから。

「よう、いきなりで悪いが助けてくれや」

その尻は慇懃《いんぎん》無礼《ぶれい》に、居丈高な声を上げた。

「嫌だ。俺は初対面でそんな口の利《き》き方をする奴《やつ》は助けない」

「全く同感ですね……それに、そんな姿勢であれば猶更です」

「そもそもこれは上の口か下の口、どっちで喋《しゃべ》ってんだ？」

「ちょっと！　下品ですよネモくん！」

「下品なのはどう見ても俺達にケツを見せつけてるこのバカだ」

ネモは壁から生える丸々としたお尻を指差した。途端にその尻がぶるぶると大きく震え、上の口からか下の口からかわからない言葉を発する。

「待て待て待て悪かったって。ほらこんな亀の腹の中だろ？　舐《な》められたら終わると思って強気に出たんだ！　ほんとに困ってんだよ抜けなくて！」

「亀の中だろうが何だろうがケツ丸出しで穴にはまってるやつが居りゃ間抜けだと思うけどな。舐《な》める舐《な》めない以前の問題だ」

「とにかくいいから助けてくれよ！　こんなところで出会ったのも何かの縁だって！」

「その前に素性を明らかにしてもらわないと困りますねぇ、いくら大亀の中でお尻丸出しで埋まっている間抜けだとはいえ。最低限の自衛は必要だと私は思います。ねぇネモくん？」

「そうだな、イグニスの言う通りだ。いくら妖怪穴はまりケツ丸出しバカだとはいえな」

「てめぇらは人を馬鹿にしなきゃ話ができねぇのか⁉」

「うるさいケツだけ星人。恨むんならてめぇの間抜けさだろうが」

そう言ってネモは穴から生える大きな尻を蹴り飛ばした。

「痛ってぇ！　畜生……なんだってアタシはこんな情けない……まあいい。アタシはヴァーテウス・ガガカ。二十四歳」

「変な名前だな！　ケツ野郎！」

「ケツ野郎に改名したらどうなんですか⁉」

「ケツケツうるせぇよ！　あと野郎はやめろ！　アタシは女だ！」

「信じられねぇよこんなでけぇケツしといて！」

「言葉遣いで男に間違われる覚えはあってもケツで性別判断されるいわれはねぇぞ！」

「性別すらも怪しいとなると変な名前も相まってますます助けたくないですね。どうでしょうネモくん。この喋《しゃべ》る尻は放っておいて先へ進むというのは」

「わー待て待て！　ちゃんと身分証を見せるから！　それ見て判断してくれ！」

「その身分証とやらはどこにあんだよ」

「その……アタシのスーツの尻ポケットに……」

「わははは！　本人確認まで尻経由とかとことんまでにケツ野郎だな！」

「それやめろって！」

　爆笑するネモをしり目にイグニスはごそごそと巨大な尻をまさぐり、お目当ての身分証をポケットから引きずり出した。

「ふぅ……少しはダイエットをおすすめしますよ。尻ポケットがパツパツじゃないですか。なになに？　特定奇跡災害対策機構・特別捜査官・ヴァーテウス・ガガカねぇ……。確かに性別も名前も偽りなしです」

「わかってくれて何よりだよ……」

憔悴《しょうすい》した様子でガガカは穴の奥で呟《つぶや》いた。

「ま、あんまりいじめても可哀想《かわいそう》だ。身分証を持てるほどしっかりした素性が確認できたところで助けてやるか。おいイグニス、ケツ野郎改めガガカさんのどこでもいいから摑《つか》め。引っ張り出してやろうぜ」

「ちょっとネモくん。こんな丸々としてつかみどころのない下半身のいったいどこを摑《つか》めと言うんです？」

「あ？　そりゃもちろん……ケツだろ」

「いい加減アタシのケツの話しないでもらえねぇかなぁ！」

それからかなりの時間をかけて二人は共同作業で穴に詰まったガガカを引きずり出した。

露《あらわ》になったガガカの上半身は穴の中に溜《た》まった粘液にまみれていた。それをぶるぶるとふるい落としながらガガカはぶすりと毒づく。

「畜生、ケツケツ言いやがって」

「あんまり文句言うなよ、あんなところで詰まってたアンタも悪いんだから」

ネモは煙草《たばこ》に火をつけると煙を吹いて反論する。ちょうどそこで今まで周囲になんとか明かりを提供していたライターのガスが終わりを迎え、あたりは闇に包まれた。

「ほら見ろ、アンタにかかずらってたせいで貴重な明かりが台無しだ。どうしてくれんだよ」

「明かりならアタシのバッグの中にランタンがある。ちょっと待ってくれ」

ガガカは暗闇の中で手探りだというのによどみなく自分と一緒に穴の中に埋まっていたリュックの中からランタンを取り出すと火を灯《とも》した。ほどなくして辺りはライターよりずっと明るく照らし出される。

「へぇ、明かりの下じゃ、写真で見るよりずいぶんと美人じゃねぇか」

ネモがそうつぶやく通り、初めて全貌を光の下に晒《さら》したガガカは美しかった。灰色と所々に白の混じった毛並みはもふもふでパンツスーツの胸元や袖口からあふれ出しており、ネモとイグニスにこっそり後でもふってみようと決心させるほどの、ある種魅力のようなものを放っていた。すらりと伸びたマズルや若干吊《つ》り上《あ》がり気味の目、ピンと立った大きな耳から狼《おおかみ》、または狐《きつね》の血が混じった獣人であろうことは想像できたが、それ以上は分からない。いわゆる雑種の見た目なのだがそのパーソナリティが彼女の美しさを損なう事は無かった。他に目につくのはスーツ姿がいかにも窮屈そうな程たわわに実ったバストで、異種族間の恋愛や情交に全く興味のないネモでさえ、若干の劣情を覚える程だった。あとお尻は特筆すべき大きさであった。

「ちょいとガガカさん……だっけ？　ランタンは助かったけどライターかマッチ持ってない？

煙草《たばこ》吸いたくてさ」

「ネモくんは禁煙と遠慮という言葉を少しは覚えるべきだと思いますよ。それに私は煙草《たばこ》が嫌いです」

「お前の嫌いと同じくらい俺の吸いたいは尊重されるべきなんだよ。残念だったな」

頬を膨らませるイグニスを差し置いてネモの手にガガカが放ったマッチが着地した。

「ほらよ防水マッチだ。まだだいぶ残ってるから使ってくれ」

「どうも。助かるね。しかし用意周到だ。何とか探検隊だっけ？」

「違いますよネモくん、ええと……」

顔をしかめてガガカの身分証に書いてあった文字を思い出そうとするイグニスに向かって、ガガカが胸を張って口を開く。スーツの襟ぐりから漏れ出たふわふわの毛先が揺れた。

「特定奇跡災害対策機構・特別捜査官だ。時折起こる人間業じゃねぇ奇跡が関与した事件を捜査、邪悪な物なら処理して人類をその脅威から守ろうって誇り高い仕事だ」

「ほお、てことは今回はこのドン亀の事で？」

「そうだよ。あらゆる物を食いつくしては霧のように消える災害の大亀。しかもアタシの調べじゃこの亀、甲羅の中に街まであるみたいだから調査命令が出た訳よ」

「甲羅の中に街ィ!?　そんなモンがあんのか？」

「ああ、あるよ。そんなに驚くようなことでもねぇだろ」

「ふふ、甘いですねネモくん。奇跡に関わるというのはこれくらいのことは日常茶飯事なんですよ」

「驚くだろ……」

「なんでイグニスが威張ってんだよ」

「まあそこのシスターさんの言う通りだ。そんで装備を揃《そろ》えて、何とか大亀内部に潜入したは良《い》いが高度なトラップに引っかかってこのザマさ」

「コウドナトラップ？」

ネモはガガカが嵌《はま》っていた何の変哲もない穴を指さして笑う。

「すっ転んで詰まったんだよ！　いじめて楽しーかよ！」

「悪い悪い。しかし弱ったなぁ、俺達はてっきりただの亀だと思ってたもんだから食われた車はいつかは糞《くそ》になってこの道を通ると思ってたんだが……」

「なんだ、車を食われてこんなところまで追いかけて来たのか？　この亀は生き物というより巨大な都市システムの一部だ。食ったものは資源として甲羅の街に送られる。食われた車を取り返したきゃ、街を目指した方が無難だぜ。一緒に行くか？」

「随分と親切じゃないですか。なんだか怪しいですよ」

「他人のために最大の奉仕をするのが捜査官の仕事だ。さっきも言っただろ？　誇り高いんだよ。それにアタシからすりゃこんなところにいるパッキンのシスターと面白柄シャツのチンピラ二人組の方がよっぽど怪しいんだが？」

「ああ悪い自己紹介が遅れたな。俺はネモ。名無しのネモで、見立ての通りただのチンピラだ」

「私の名前はイグニス・ファルフレーンです。何を隠そう！　神話の時代より幾千年を生き、かつて世界を治めていた聖女です！」

「アンタその名乗り好きだよな」

得意満面に自己紹介をするイグニス。その名前を聞いた瞬間、ガガカの瞳孔が誰にもわからないほどわずかにキュッと細くなった。

「このネモくんとは一緒に旅をする関係……」

ここでイグニスはなにかを思いついたとでもいうように意地悪な笑みを浮かべた。

「いや、それだけではありません！　なんとここに居るネモくんは何を隠そう私の恋人です！」

「はぁ!?　お、お、お、お、お前何言ってんの!?」

あまりにも唐突に飛び出したイグニスの妄言をネモは泡を食って否定する。

「なんだ違うのか？　見た所二人ともいい大人で、仲も良さそうだから別にそういう関係でも違和感はないんだが」

ポリポリと頭をかきながらあまり興味もなさそうに言うガガカに向かってネモは顔を真っ赤

にして口調を荒らげる。

「違う！　違うって！　ただの旅の相方！」

「へー、まあアタシにゃ興味はないけども」

「……なにが旅の……相方ですか……」

ぼそりと呟《つぶや》くイグニスの言葉はネモの真っ赤な耳には届かなかった。ため息をついてイグニスは無理にいつもの笑顔を作り直してすぐに言葉を紡《つむ》ぐ。

「はあ、でもネモくん、私達の関係をそれ以外の何で表現するんですか？　うらぶれた街で一人腐っていたネモくんに私は一目ぼれをして旅に出たじゃないですか！」

「違わい！　わー！　言い間違い！　言い間違いです！　ネモくん〝は〟私〝に〟です！　助詞が！　助詞があべこべに！　事実無根です！」

今度はイグニスが真っ赤になる番だった。普段のどこか達観した余裕はどこへやらでわたわた慌てる二人。

「とにかく！　私達二人は今日だって一杯のラーメンをむつまじくわけあった仲じゃないですか。これを恋人と呼ばずになんと呼ぶんですか⁉」

もはややけくそになりながら真っ赤な顔で恋人という言葉を発するイグニス。

「ふざけんな！　事実をこれでもかとばかりに曲げるんじゃない！」

むきになり、こちらも真っ赤な顔で否定するネモ。そんな二人を呆《あき》れた顔で見ていたガガカは乾いた笑いを漏らした。

「ははは、とりあえず仲が良い《い》事は伝わったよ。あと、なんとなく二人の関係も」

言いながらガガカは喧嘩《けんか》を繰り広げる二人の目に映らない程さりげなく、ゆっくり自分のリュックを手元に引き寄せ、何かを取り出した。

「とにかく、お互い目的地は甲羅の街になったたって事で、握手でもどうだい？」

立ち上がり、笑顔でイグニスに手を差し出すガガカ。

「コホン。そうですね。お互い協力してこの大亀を攻略していくとしましょう」

何の違和感もなくそれに応じるイグニス。二人は笑顔で握手を交わし、次の瞬間、耳をつんざく銃声と共にイグニスは眉間を銃弾に貫かれてその場に倒れ伏した。硝煙の向こうのガガカの左手には大きなリボルバー式の拳銃――コルト・アナコンダ――がランタンの明かりを反射して銀色の光を放っていた。

「……信じられないことしますね。死んだらどうするんですか」

たった今銃弾が頭蓋を割り、脳みそを駆け抜け、地面に脳漿《のうしょう》をぶちまけたばかりだというのにイグニス・ファルフレーンはまるで何事もなかったかのように立ち上がり、シスター服に付いた汚れを払った。

「やっぱり死なねぇんだな」

ガガカは拳銃のシリンダーを開放すると一発しか使っていない銃弾を足元にばらばらと捨てながら呟《つぶや》いた。額に一筋の汗が走る。

「イグニス！」

ワンテンポ遅れで状況を理解したネモが慌てて駆け寄るが、ぐいとイグニスにどかされてしまう。

「やあネモくん。前世ぶりですね。ちょっとどいててもらえますか？　私はこのなんとか捜査官のケツ野郎さんと少し話があるんです。私の不死を知っていて、なぜ撃ったんでしょう？」

「本人確認だよ。災厄をまき散らす死なずの聖女。イグニス・ファルフレーンのな」

「は？　おいおい何がどうなってんだよ。さっきまでケツがどうのとか言ってたのに何だこの修羅場は！」

ネモは場の雰囲気のあまりの変わり様に一人叫ぶ。しかしそれはどうしても場違いでしかなかった。

「一般人は黙ってな。これは糞《くそ》ったれな奇跡の聖女とそれに対処する専門家の領分だ」

「言ってくれるじゃないですか。私が一体何をしたと言うんです？」

「アンタがばらまいた〝聖女の契約書〟。手に余る奇跡を気軽に起こしまくる災厄だ。ウチじゃAクラスの危険物に指定されてる。その元凶のイグニス・ファルフレーンはその上の危険度特Aクラス。見つけ次第殺せとの命令が出てんだよ！」

「私は被害者なんですけどね」

「聞く価値は無いな」

そう言ってガガカはスーツの内ポケットから銀色に淡く光る弾を取り出すと、一発だけ、リボルバーのシリンダーに装塡した。

「〝神殺しのシルバーブレット〟ですか……」

「いくら不死のイグニスとはいえ流石《さすが》に自分を殺せるものはリサーチしてるみたいだな。そうだよ。神を貫き、不死を殺す奇跡の銃弾だ。当たりゃ、やあ前世ぶりとはいかねぇぞ」

「私は……いずれ契約書を全て回収して死ぬつもりです。そのために今旅をしている……と説明しても無駄なんでしょうね……」

「だったら今死にな」

ガガカはシルバーブレットが装塡された拳銃をイグニスに向ける。

「イグニス・ファルフレーン。災厄をまき散らす聖女、お前をここで処理する」

「そうですか……」

イグニスは深くうなだれた。そして小刻みに体を揺らし始めた。ネモは、いやガガカも最初は泣いているのかと錯覚した。しかしそれは間違いで、イグニスは楽しそうに、面白くて仕方がないとでも言わんばかりに体全体で笑っていた。

「くっくっくっくっくっくっ」

徐々にその笑いは隠し切れなくなり、イグニスの笑い声は亀の内臓に響き渡った。

「いいですねぇ！　ヴァーテウス・ガガカ！　実にいい！」

「豹変したってアタシはビビんねぇ……」

「私はこの大地を平和に治めた聖女です。懐《ふところ》は広く、優しい人外です。だから私を殺そうと銃を向けても許しましょう。私の話を聞かずに侮辱しても気にしません。でも私が旅をする理由を奪うのは許せない、私の死に方を私以外が決める事は断じてできない」

異様な雰囲気で語るイグニス。その姿にネモは異質だと感じる心を抑えられなかった。あまりに今まで見て来た彼女からかけ離れている。いつもの、飄々《ひょうひょう》とした薄笑いの仮面と煙《けむ》に巻《ま》くような物言いで、人懐《ひとなつ》っこいが踏み入らせない彼女の態度とは明らかに異なっていた。

「知らねーよ、アンタが許そうが許すまいがアタシは……」

「そこまでするなら、もう殺し合いじゃないですか。殺し合いなら死ぬのはお前じゃないか。私は悪くない。悪いのはヴァーテウス・ガガカ。お前だ」

ガガカの言動はイグニスの核の部分に傷をつけたようにネモには思われた。それは人の体を取り戻し、老いて死ぬという何人たりとも踏み込ませないイグニスの旅の目的。そんな場所に付けた傷からどろどろとイグニスの、イグニスとは呼べない何かが口を通して垂れ流されている。

「……殺し合いをしたって勝つのはこっちだ。不死を殺せる備えならある」

「お前の手にあるのはちっぽけで、矮小《わいしょう》で、卑小なシルバーブレットが一発きりでしょう？　神を貫き不死を殺すぅ？　かっこいいじゃないですか、そんなありふれた奇跡でよくもまぁ私を〝処理〟などと、虚仮《こけ》にできますね」

ガガカはもう何も返さない。イグニスの言葉に気圧《けお》されて指先一つ動かすことができない。

「さて今私の手にあるのは〝聖女の契約書〟の一枚。愚鈍なバカの手にあった時には極めて個人的な欲望を満たす程度の働きしかできなかった蒙昧《もうまい》な代物ですが、本当の持ち主の私の手にあればどう使えると思います？」

大きく首を傾《かし》いで、人間とは思えない程首を傾《かし》いで、特大の三日月を三つ張りつけたような顔をしてニタリとイグニスは笑った。ネモには、それが、怪物に見えた。怪物はレイエスのライオン市長から奪った〝聖女の契約書〟を自分の左目の前にかざした。

「この契約書は左目です。私の左目は全てを見透す。真実を見透す、事実を見透す。かざすだけで、私にはその全てが見たいように見える。おやどうしました？　ヴァーテウス・ガガカ。拳銃が足元に落ちていますよ？　握った右腕ごと」

ドサリと音がした。ネモもガガカも恐る恐るその音の源に目をやる。そこにはイグニスの言葉通りにガガカの右腕が握った拳銃ごと落ちていた。

「チィッ！」

ガガカは動じなかった。血の一滴すら出ないままに右腕を失った異常事態にもかかわらず、唯一の武器であるシルバーブレットを装填した拳銃を確保すべく、両足で地面を蹴っ……。

「両足は私が小脇に抱えていますよ？」

ガガカがその場に落ちた。体の全長の半分以上を失い、腰から上で恐怖にカタカタと震える。

しかし彼女はあくまで仕事人たろうとした。

「ネモォ！　奴《やつ》は契約書越しに見たいものを見る！　そしてそれは現実にッ！」

「舌は残った左手の中にある様に見えますよ。ヴァーテウス・ガガカ」

言葉を失ったガガカの左手からずるりと舌が転がり落ちた。

「左腕、私の抱える両足、鼻、肝臓、脾《ひ》臓《ぞう》、子宮、上腕骨、左右肋《ろっ》骨《こつ》の上二本、仙骨、腎臓、下顎骨、腰《よう》椎《つい》の一つ、恥骨、大腸……」

ぶつぶつと吐くイグニスの言葉はまるでタールの様だった。ドロドロと真っ黒に沸きたって、異臭を放ち、こちらを威圧しながら、現実を侵食する。一言一言がそうだった。怪物から吐き出されるそれらに、今すぐ駆け出してこの場を離れたい衝動にネモは駆られた。きっとそれはガガカも同じだろう。それは最早《もはや》望むべくもないが。

「……左肺、そして歯の全部。それら全てが一メートル頭上からヴァーテウス・ガガカに降り注ぐのが見える」

その言葉通りの事が起きる。四肢が落ちるドサリという重い音、内臓が叩《たた》きつけられるドチャリという水気を含んだ音、そして細かい骨たちが時間差でさながら雨の様に降り注ぐからからという軽い音。人体を構成する大半を突如奪われたガガカはその衝撃に耐えられず、くしゃりとまるで紙細工の様に潰れてしまった。そんなガガカの体のパーツが奏《かな》でる合奏の中で、イグニスは笑っていた。可笑《おか》しくてたまらないとばかりに嗤《わら》っていた。

「やめてくれ。イグニス」

うっとりと嗤《わら》い続けるイグニスの腕を、震える手で摑《つか》んで止めたのは誰あろう、ネモだった。このままだとイグニスという存在そのものが怪物になってしまう様な、自分の知っているイグニス・ファルフレーンではなくなってしまう様な、そんな危機感に突き動かされての行動だった。

「邪魔をするなよ。名無しのネモ」

しかし、そんなネモの制止だというのにイグニスは未《いま》だ怪物のまま口からタールを吐くのを止めようとはしなかった。

ネモはもう限界だった。なので、考えるのをやめた。「ふぅ」とため息を一つつき、思いっきりイグニスの顔面を殴り飛ばした。固く拳を握りしめて。

「うキャ⁉」

あまりに意外な行動に奇声をあげて吹っ飛ばされる化物もといイグニス。ネモはついでとばかりにイグニスの手から〝聖女の契約書〟を奪い取った。

「おうおう！　おめーよぉ！　さっきから見てりゃ、やり口がキモい上に陰湿なんだよ！　さっさとガガカの体を元に戻せや！　戻せねーんだったらぶん殴るぞ！」

とりあえず口を開いた。どうしようなどと考えてはいなかった。この先の展望など、何もなかった。

「勿論《もちろん》戻せますよ。九十九に別たれた力のたった一枚分ですからね、数分で何事もなかったかのように元に戻るでしょう。だから早くあの女獣人の心臓をぷかぷか浮かせて、この足でゴキブリのように踏み潰してやらないといけないのですが？」

「テメェ自分が何言ってんのか分かってんのか」

「ネ……モ……」

ふと、ガガカの声がした。見ると雨のように降らされた臓器の内の舌が近くまで転がってきていた。

「舌だけで喋《しゃべ》れんのかよガガカ……いよいよ何でもありだな」

「う……るせえ……一……般……人は……下……がっ……て……ろ」

そのセリフにネモはカチンときた。脳がグラグラと沸騰し、血管がブチブチと音を立てて切れる音が聞こえる気がした。しかし「一般人」。そうだ、ネモの現状はその程度だ。だからこそ、一般人がこの場に介入できる唯一の事、口八丁によって、この場を全力でうやむやにすると、ネモは決心した。イグニスが怪物になってしまう前に、イグニスが怪物にしか見えなくなる前に。稼ぐ時間は、たった数分。

「一般人で悪かったなぁ！」

そのままイグニスに掴《つか》みかかった両手でネモはイグニスをぶん投げた。特に意味はなかった。

投げ飛ばされたイグニスが怒りをたたえた瞳でネモに詰め寄る。

「死にたいんですか？　名無しのネモ。これはお前程度のチンピラが関わっていい領域じゃあないんですよ。数千年を生き、卑劣にも力を奪われた聖女の今現在唯一の夢を脅《おびや》かす者を……」

「名無し名無しうっせぇなぁ！」

ぐいと、ネモは詰め寄って来たイグニスの胸倉を掴《つか》む。

「確かに俺は名無しのチンピラだよ！　おまけに一般人だよ！　だけどよぉ！」

すうとネモは思い切り息を吸い込んだ。先程何も考えずにイグニスをぶん投げた時と同じように次に自分の口から飛び出てくる言葉が一体何なのか、ネモにも分かっていなかった。

「俺はお前の恋人だ！」

「「は？」」

あまりに意外な単語に、地面にあったガガカの舌も胸倉を掴《つか》まれたイグニスも素っ頓狂な声を上げた。だが、一番その声を上げたかったのは間違いなくネモ本人だった。

「お前が言ったんだぞ！　お前は俺の恋人だって！　なら逆もしかりじゃねーのかよ！」

地面をビタビタと這《は》いまわるガガカの舌が割って入る。

「あれは……イグニスの冗談……」

「分かってるよぉ！　あれがイグニスの性質の悪い冗談だってことくらい！　でもあの瞬間確かにネモ……以下甲と呼びますね……を、イグニス……以下乙と呼びますね……は恋人と認めた訳であります！　さらに甲は惚《ほ》れっぽい男なのでその瞬間に惚《ほ》れました！　はい！　わたくしその瞬間に惚《ほ》れました！　乙が甲を恋人と認め、甲は乙に対して恋愛感情を抱いている！この瞬間に恋人関係は成立したんです！　そういうシステムになっております！」

「お前は一体……何を言っているんだ……？」

呆《あき》れたというより理解不能な何か恐ろしいものを見る声でガガカの舌が問いかけて来る。ネモは「こっちが聞きてーよ！」と怒鳴り返したいのを堪えて更に言葉を続ける。全てはこの場をうやむやにするために。

「はい！　めでたく恋人関係が締結された両者でありますが、現在に至るまでそれが継続しているか、という部分は審議せざるを得ないでしょう！　ここで見逃せないのは乙が一度絶命しているという点でしょうねぇ！　陪審員のガガカさん！　の舌！」

「あ、ああ、まぁ……」

「さて、甲乙どちらかの絶命をもって恋人関係が解消されるという解釈であれば現在それは解消されていると言っていいでしょう！　しかし婚姻関係ならいざ知らず、恋愛関係においてそれは適用されるのか！　どうでしょう陪審員のガガカさぁん！　の舌！」

「知らねーよ！　何が言いたいんだテメェは！」

　時間経過で、どんどんガガカの喋《しゃべ》りがよくなっている。みるとガガカの舌はまるで磁石に引き寄せられるように着々と再生を続けているガガカ本体の口内に吸い込まれていく途中であった。

「創作物などでは亡《な》くなった恋人に操《みさお》を立て、以後異性との付き合いをしないといったキャラクターなどが違和感なく受け入れられております。現実にだって、失った恋人が忘れられなくてといった言葉はよく耳にします。以上のことから恋人関係は片方が亡《な》くなった際、生き残った他方が解消を望まない限り継続すると言えるのではないでしょうか！　……言えますね！この判例により、生き残った側の甲、ネモさんに伺いましょう！　貴方《あなた》は乙が死んだときに恋人関係の解消を望みましたか⁉」

「いいえ全く……グスッ。この命尽きるまで彼女のことを生涯の恋人として生きていこうと心に決める程でした（ネモ裏声）」

「一人二役してんじゃねぇ！」

　口内に戻ったガガカの舌のツッコミを無視してネモは続ける。

「聞きましたでしょうか！　彼の悲痛な叫びを！　彼の愛情あふれる涙は甲と乙は恋人関係なのか、そしてそれは今に至るまで継続中であるのかといった審議への完璧な答えであると思うのですが裁判長！」

「裁判長誰だよ！」

「いやぁ、深く感動しました。ここにネモとイグニスの恋人関係、そしてそれが現在も継続中であることを認めます（ネモ野太い声）」

「裁判長もお前かよ！」

「ハァハァ……つまり、俺は……イグニス・ファルフレーンの恋人だあああああああ‼‼」

沈黙、あまりにも重い沈黙。ネモの茶番はウケたのか滑ったのか。違うそうではない、イグニスが自らを怪物にしてしまう様な怒りを、ネモの渾身《こんしん》の茶番で台無しにできたのかという判定の時間。この判定をする陪審員までは流石《さすが》のネモも兼任できない。

「ネモくんは結局何が言いたいんですか？」

イグニスが重い重い口を開いて言った。

「だから……恋人として、俺が好きになったいつものイグニスに戻ってくれって言いたいんだよ。あんな怪物みたいなのはいつものイグニスじゃねーよ」

我ながら子供の駄々と変わらないなとネモは思った。

「……ネモくんと私は出会って三ヶ月程度の付き合いしかなくて、ネモくんの知らない数千年があるわけなんですが……」

「知らねぇよそんなの。俺にとっちゃこの三ヶ月のイグニスがイグニスだ」

「ふふっ、そうですか」

「ああそうだよ。恋に時間は関係ねぇんだ。畜生」

「ふふふ、ぷっぷぷっ！　あはは！　あはは！　はははははは！」

イグニスは大口をあげて笑い始めた。滅茶苦茶《めちゃくちゃ》な事を言うネモに呆《あき》れたのか、はたまたさっきまでのシリアスな空気が霧散してしまった事へのおかしさなのか、それとも全然別の理由からか、とにかくイグニスの笑いは止まらなかった。そしてその姿に、怪物の様な迫力はもうみじんも残されていなかった。ネモの茶番はどうにか成功したようだった。

「自分でやった事だが、一体どういう状況なんだこれ」

ふぅとため息をつきながら煙草《たばこ》を咥《くわ》え、マッチを擦り紫煙を吐き出すネモ。

いつの間にかネモの背後に立っていた体のパーツが元に戻ったガガカがネモの肩に手をポンと置いた。

「まあなんだ……末永くお幸せに」

「今それは絶対に違うと思う」

4

どすんどすんと定期的に体に伝わる振動を少し心地よく思いながら、ネモは傍《かたわ》らのランタンを持ち上げた。ランタンの明かりに照らされた洞窟はいつの間にかもう生き物の内部のてらてらした様相を失い、人工的なレンガ作りの通路へと変わっていた。

「見ろよイグニス。どうやら街があるってのは本当みたいだぜ」

「そうですね、私も確認しています。しかし、結構な距離を移動してきました。徒歩だったら随分と時間を無駄にしていたでしょう」

「ほんと、ちょうどよく代車が見つかってよかったよなぁ」

そう言ってネモは自らを運ぶ〝代車〟に生えた尻尾をぎゅっと掴《つか》む。

「痛ってぇ!! テメッ今尻尾触りやがったろ!」

「おいおい、〝代車〟は喋《しゃべ》んねぇぞ? エンジン音かな?」

「ネ、ネモくん、いくら私に銃を向けた罰とはいえこれは少々やり過ぎでは……」

「いーや、そんなことは無い。何より俺はもうあんなグロテスクな洞窟を歩きたくない」

「じゃあもうそのあたりは抜けたんだからいいじゃねぇか!」

「そ、そうですよネモくん! ガガカはもう十分に罰を……私ならもう許しましたから!」

「いいや! 俺はまだ許してない。てかめんどくさいので歩きたくない! 運んでもらえるなら運んでもらいたい!」

「ネモッ! テメッ! 本音が出たな!」

「うるさい! 代車が人の言葉喋《しゃべ》ってんじゃねーよ!」

ネモはそう言うとガガカの尻尾を再度掴《つか》む。

「ご、ごめんなさいガガカ……その、ネモくんのチンピラ由来のドＳスイッチが入っちゃったみたいで……」

「イグニス……災厄の聖女にこんなこと言う日が来るとは思ってもみなかったけどなぁ、お前の彼氏は結構最悪の部類だぞ！」

「代車が人間の言葉を喋《しゃべ》ってんじゃねーよ！」

今度はネモはガガカのその大きすぎる尻を思いっきり平手で叩《たた》いた。

「はぅん！」

「あれ？　ガガカ？　今変な声出ましたよね？　もしかしてその大きなお尻を叩《たた》かれるのが趣味な変態さんだったりします？　教えていただきたいのですがその手のＳＭ的な素養というのはどういった過程で身に着いたんですか？　そういったものに興味津々《きょうみしんしん》な私としては自分も……」

「畜生！　変態に！　聖女とチンピラじゃなくて変態カップルに捕まっちまったのかアタシは！　誰か助けてくれぇ！　はふぅん！」

数分後、ガガカは幾度も叩《たた》かれ、スーツの下で真っ赤になったお尻を揺らし、背中に人を二人乗せたまま、代車としての役割を再開した。

「いやぁ快適快適」

ガガカの襟ぐりから漏れ出るふわふわとした灰色の毛を手で弄びながらネモはご満悦といっ

た表情。対してイグニスはどこか正反対の物憂《ものう》げな表情を浮かべていた。

「どうしたんだよイグニス、こんな気持ちのいい所に座ってそんな顔してちゃガガカも浮かばれねぇだろ」

「生きてるよ、クソッタレ」

ネモが無言でガガカの尻を叩《たた》き、ガガカが妖しげな声を上げる。ここ数分で定着した流れに苦笑しながら、イグニスはその口を開いた。

「ねぇネモくん。私は今、貴方《あなた》に聞いて欲しいと思っています、ネモくんの知らない、私の数千年の話を」

どこか遠慮がちな声、その深刻そうな響きにネモは思わず居住まいを正してイグニスの話を聞く態勢を整えた。二人を運ぶガガカも同じだったようで、心なしか二人を乗せる背中の揺れが少なくなった。

「神話の時代、私がこの世界を治めていた話は前にもしたと思いますが、あの伝説はさほど正確ではなくて」

「まあ数千年の時間が経《た》てばそういうもんだろ。数千年後には俺も巨根の高身長ハイスペ超絶美男子として伝わっててもおかしくねぇや。ま！　ほとんど事実なんだけどな！」

「……続けますね」

「……続けてくれ」

「聖女として世を治めていた時の私は、いつもさっきの感じでした。傲慢で、暴力的で、絶対的な力を盾に、強制的な平和を世界に押し付けていました」

「いつもあんな感じじゃあ……嫌われそうだなぁ」

ネモの脳裏に先程のイグニスの暴走が浮かんだ。あれは人に到底受け入れられるものではない気がした。

「そのものずばりですよ。私は嫌われ、疎《うと》まれ、そして処理されたんです」

「それが聖女の伝説の真相って訳か？」

「そうです。私に反旗を翻《ひるがえ》し、捕らえた連中は私の強大すぎる力を契約書で分割して、私をただの人間に堕としました。不老不死になったのは彼らも想定外だったみたいですが、永遠に苦しめと笑って言われたのを覚えています」

「そりゃまたえらく嫌われたもんだ。しかしそんだけの事されりゃ、少しは性格も変わったんじゃねぇか？」

「それが全くだったんですよねぇ……」

「マジ？」

「大マジです。私は傲慢と暴力に憎しみを上積みして、彼らに復讐《ふくしゅう》しようとしました。ただ力を持たない人間が勝てる相手ではありませんでした。でも私も死なないから泥仕合《どろじあい》だったんですけどね」

「めっちゃ弱いのにめっちゃイキってたって事か。最悪じゃん。一番駄目な人間じゃん」

「酷《ひど》いじゃないですか。それまで強かったのは事実なんですよ？　それこそ世界に強制的に平和を押し付けるくらいに」

「元ヤン自慢みたいになってんぞ。じゃあさっきのスプラッターは元ヤン女が昔を思い出して周りに迷惑かけたみたいな話か？　そして社会の荒波に揉《も》まれて丸くなったみたいな中盤を挟んで最終的に最近の若いもんはみたいな所に着地するのか？　そうなんだろ？　このヤンキー聖女め」

　気づけば周囲はもうランタンなど必要ないほどの明るさで、壁に等間隔に設置された松明《たいまつ》がこの狭い廊下には十分すぎる程の明かりを提供していた。ネモは黙々と自分達を運んでくれた代車に感謝しながら手に持っていたランタンの火を吹き消して脇に置いていたリュックにしまう。

「神話の時代から連綿と続く私の半生を途端に矮小化《わいしょうか》するのはやめて欲しいですね……」

「なにが半生だ。今のとこ反省するような事しかやってねーくせに」

「手厳しいですねぇ。でもその通りです。まさしく次は私が半生を反省して丸くなるパートですよ。でも私の角をとって丸くしたのは社会の荒波なんかじゃなく一人の女性でした」

「そういやさっき言ってたな。心臓の契約書を持つ人がどうたらって」

「そう。私の心臓の契約書を持つ女。名前はロゼリア・ポープ」

「偉く平凡な名前じゃねぇか」

「でも平凡とは真逆の女性でした。私が力を奪われてから五十年後くらいでしょうか、どうあがいても力を取り戻せず、辺境の大魔導士と言われていた彼女のもとを訪ねたんです」

「そんな凄《すご》い人なら後世に名前くらい残ってそうなもんだがな」

「技術は確かでも性格に難ありってタイプの孤独な人でしたから。後世に名を語り継ぐ人なんて、それこそ私しかいないレベルで。そんな私も初対面でいきなり『面構《つらがま》えが腐っとる』って言われました」

「今は腐ってねぇのか？」

軽口めいた野次をネモが飛ばす。しかしイグニスはいつものもの、ネモのよく知る笑い方で答えた。

「腐ってないですよ。ロゼリアの所で随分色々と学びましたから。コミュニケーションから礼儀作法、現代にはびこる奇跡等々……。彼女は色んなものの研究に没頭していて、私はその手伝いをしました」

イグニスは喜びとノスタルジーがないまぜになったような表情を浮かべ、その思い出を噛《か》みしめながら語っているようにネモには見えた。

「彼女は偏屈でしたが善き先生で、その日々はとても楽しかったんです、本当に。力を奪われた憎しみを忘れて、性格が今みたいになる程に楽しい日々でした」

「なんでそんな所から出てもう一度力を手にしようなんて思ったんだ？」

「ロゼリアは……錬金術で寿命を何とか延ばしてはいたみたいだったんですが所詮はまがい物の命。記憶や知識はどんどん失われて、最後の十年はもうベッドの上で意識もはっきりとしませんでした」

「……」

「あれは本当に悔しかったです。あんなに偏屈だけど理知的で優しくて素晴らしい人間も老いには勝てないのかと、数千年ぶりに憎しみの感情がよみがえってくる程、悔しかったんです」

ギリギリと、歯ぎしりをしながら当時のことを語るイグニス。

「でもね、ある朝、目覚めるとロゼリアはベッドにいなかった。キッチンでコーヒーを入れながら、何年ぶりかわからない新聞を読んでいました。慌てる私を見て一言。『老いるってのは良《い》い事だぞ』って。見透かしたようにシミだらけの顔でニヒルに笑って、『悔しかったらイグニス、お前もやってみな？』って言った途端そのままぽっくり逝《い》っちゃいました」

「……カッコイイ婆《ばあ》さんだな」

「そうですカッコイイ先生でした。だから私は契約書を全て取り返して、普通の体に戻って、老いて死ぬんです。これを私は先生との約束だと思っています。老いて死ぬのがそんなに良《い》いものじゃなかったらあの世で文句言ってやるんです。だからそれまで私は絶対に死なないんです」

「なんか妬《や》けちまうなー！　そんなにいい相手を知ってるんなら今の俺に勝ち目ないじゃん！」

「呆《あき》れましたねぇ。あくまで先生と生徒の関係でしかありませんって。でも……」

見つめ合う腰かけた二人。おもむろにイグニスがネモの鼻をつんと小突いた。

「先生よりかっこいい男にならなけりゃ私が本気で惚《ほ》れる事はありませんけどね」

「そりゃまた難しい試練だな」

「とはいえ、今の所ネモくんのことは結構好きですよ。あのみょうちきりんな恋人理論を受け入れようと思えるほどには」

「こいつぅー」

「うふふふふ」

「あはははは」

いちゃいちゃと戯《たわむ》れ始める二人。その戯《たわむ》れの最中、ネモの手がふいにイグニスの手に触れた。

「あっ」と声を上げるイグニス。無言のネモ、廊下の松明《たいまつ》が照らす中二人はお互いの目を見つめ、その唇を少しずつ近づけ……その時、代車が大きなエンジン音を立てた。

「あー限界だ！　お二人さんさぁ！　シリアスそうな話してっから黙ってたけどアタシの上でおっぱじめようってんなら話は別だぁ！」

ガガカの怒号だった。

「あー、忘れてた」

「忘れてんじゃねぇよ！　人の上で随分と話し込んでくれやがって！　話が話だからこっちも善意で気配消して乗り物に徹してやってりゃこのザマだ！　もうやめだ！」

ガガカはそう言うと勢いよく立ち上がり、窮屈だった体の関節を伸ばすと、その場でぶるぶると身震いした。灰色の毛並みがバサバサと揺れる。

「まだ甲羅の街には着いてねーじゃねーか、約束が違うぜ約束が」

「ネ、ネモくん、流石《さすが》にもういいんじゃないでしょうか……」

「そうだそうだ聖女様の言う通りだ。もう十分だ、拳銃向けた贖罪《しょくざい》は果たした。よってアタシは人間に戻る」

「そんなケツがでけぇ人間がいるかよ」

「ケツのデカさは関係ないんだが!?　普通アタシを人間扱いしないならケツじゃなくて獣人の方をクサすだろ!?」

「生憎《あいにく》と俺は獣人差別には断じてNOが言える素敵な男性なんだ」

「女のケツのデカさを笑う男は絶対に素敵な男じゃねぇ！　女の敵だ！」

「まあまあ喧嘩《けんか》はその程度にしましょう……ね？」

ヒートアップするガガカをイグニスが何とか宥《なだ》める。そのイグニスの後ろでネモがガガカにだけ見えるように素早くハンドサインを送った。

「しかし、さっきまで私と殺し合いをして今度はネモくんと。ガガカ、貴方《あなた》も中々血気盛んな人ですね」

「全くだ。お前がイグニスに喧嘩《けんか》を売ったせいで俺はなんとなーくイグニスと付き合う羽目に……」

「ネモくん、なんとなーくというのはどういう事ですか？」

「いやそれはなんというか言葉のあやで……」

「お？　素敵な男性の本音が出て来たぞ？　ぶっちゃけ行けたらラッキーくらいの気持ちだったんじゃねーのかぁ？　ネモよぉ！」

「うるせぇぞ！　ガガカァ！」

「な!?　そんな軽はずみに私と付き合おうとしていたんですか!?　わ、私は付き合う以上その……将来の事とかそういうことまで視野に入れた真剣な交際をしたいと思っているんですが！」

「うわ！　イグニスお前重いよ！　付き合ったら束縛するタイプだよ！」

「束縛じゃありません！　これは二人の将来の為《ため》に！」

「常套句《じょうとうく》じゃねぇか！」

「はー付きあってらんねぇ。先行くぞ。甲羅の街に用があんのはお前らだけじゃねぇんだ」

「あ、おい待てよ！　一人で先に進むんじゃねぇ！　畜生！　手前ぇなんて道に迷って野垂れ死んじまえ！」

「ネモくん話はまだ終わっていないんですが！」

「おーいガガカー。俺も一緒に付いていくわ。ほらイグニス。落ち着いたら後を追っかけて来いよ。あんまし遅れるなよ。じゃあな！」

「あ、ちょっとネモくん⁉　待ちなさい！」

5

「ふー、びっくりしたぜ、イグニスがあんなに重いタイプだとは」

イグニスを後方に置き去りにし、ネモとガガカは二人だけで舗装された道を歩いていた。

「大丈夫なのかよ、イグニスを置いてきて」

「大丈夫だろ、ここまで何も起きてねぇし、ある程度なら対処もできる。距離もそんなに離れてない。もっとも会話は聞こえない程度の距離はあるがな」

「ほーん、じゃさっさと言えよ」

ガガカがその歩みを止め、ネモに向き直る。

「やっぱりわかってくれたみたいだな」

「分かりづらいサイン出してきやがってよぉ。さっき出してたハンドサインは合コンでよくある〝貴方《あなた》の事本気で狙ってるからこの後二人で抜け出しませんか〟の合図だ。この場においては二人っきりで話がしたいってところかと当たりを付けて一人になってみりゃ大正解。お前だけがホイホイ付いてきやがった」

「助かるねぇ。特定奇跡災害対策機構の特別捜査官なんてお堅い仕事やってんならこの手の合図は伝わらないかとダメ元だったんだけど」

「獣人は性欲が強いからな。もっぱら週五で合コンだ」

「もうそれ仕事じゃん……」

「うっせ。さっさと話せ」

「分かった分かった。俺が聞きたいのは、イグニスを殺すのを諦めたのかどうかだ。ほら、あの場は俺が全力でうやむやにしたけどうやむやのまま進むにはリスクがある。答えによっちゃまたイグニスが暴れかねないから二人っきりで、な？」

「チッ何かと思えば。……煙草《たばこ》寄越せ」

「は？」

「煙草《たばこ》！　持ってんだろ？」

「ハイライトしかねーけど」

「今更銘柄なんか気にしねーよ」

ネモが懐《ふところ》から取り出した煙草《たばこ》にマッチで火を点《つ》けると豪快にガガカは煙を吐いた。

「ウチの組織、特定奇跡災害対策機構が相手にしているのは奇跡とかいうデカいもんで、しくじれば人が死ぬ。だから上の言う事は絶対。逆らうことなんかあっちゃならない。それは〝聖女は見つけ次第殺せ〟なんて物騒な命令でも変わらない」

　ネモの額を汗が流れた。

「だからアタシはあの時、どれだけ勝ち目が無かろうと、どんな脅しを受けようと、シルバーブレットを撃つつもりだった。そこにお前が割って入った。トンチキな戯言《たわごと》を並べて恋人になるとか言い出した馬鹿野郎のお前が」

「馬鹿野郎ってのはねーだろ」

「あんな危ない女と付き合おうってんだから馬鹿野郎だよ。そしてその後、背中の上で語られる話を聞いた。善き師に出会って、善き人間に変わっていった半生を聞いた。アレ、アタシに聞かせるつもりだったんだろ？」

「は、お見通しかよ」

「あそこまで背中に乗ることに執着したら流石《さすが》に分かるって。過去の話をイグニスがしなきゃ、今現在は無害な女アピールになるような適当な掛け合いをお前からする気だったんだろ？」

「そうだよ。少なくとも今は災厄をまき散らす聖女なんかじゃない普通の女だからな。そんなに難しい事じゃない」

「アタシにイグニスの人柄を知らせて情状酌量の余地があると分からせたい。でも敵対者だったアタシにはなるべく口を挟んでほしくない。その二点を解決するための代車プレイだったって訳だ。『代車が人間の言葉を喋《しゃべ》ってんじゃねーぞ』なんて言葉は今思えば、そのものずばりだしな。全くふざけたフリして頭使いやがって

「かっこいい言い方してもらって悪いが……ぶっちゃけ趣味も混じってた」

「……気にすんな、アタシもだ」

途端にハードボイルドな二人に気恥ずかしい沈黙が流れる。

「と、とにかくアタシは正直迷ってた。イグニスをどう扱うか。でも今、心は決まってる」

「そりゃまたなんで」

ガガカは鋭い目つきでネモを一瞥《いちべつ》した後、ふっと煙を吐いて笑った。

「ま、そりゃお前の行動だな。うやむやにして終わりじゃなくてちゃんと後始末をこうやってつけようする行儀良さというか律義《りちぎ》さというか、計算高さを見てだよ」

「別に俺は後始末だなんて……」

「そういうのはそのシャツの下でアタシに向けてる拳銃を下ろしてから言いな」

「……なるほど、だから煙草《たばこ》を寄越せ、ね」

「ああ、獣人の動体視力じゃはっきり見えたぜ、お前の懐《ふところ》に光る拳銃がな」

「じゃあ話は早い。死にたくなきゃイグニスの事は諦めろ」

「実は煙草《たばこ》を貰《もら》ったのにはもう一つ理由があってだな」

「はぁ？」

「特定奇跡災害対策機構では指令は絶対だ。誰かを見つけ次第殺せとか、異常な亀を調査しろとかな。どんな小さな指令でも逆らえば死より恐ろしい罰が下る」

「そんな罰より今殺される方がマシだってか？」

「最後まで聞けって。実は今、現場で不満噴出の指令があってな。健康増進指令って言うんだが、なんと捜査官は一律で禁煙だとよ。もちろんこれも破れば死よりも恐ろしい罰だ」

「でもお前……今……」

「だからそういう事だって言ったろ？」

「テメェ……ただのデカケツ獣人かと思ったら粋な返ししてくるじゃねぇか」

「アタシは粋なデカケツ敏腕獣人捜査官なんだよ」

二人は笑いあって拳を合わせた。緊張していた雰囲気が和らぎネモの肩から力が抜ける。それを見たガガカは真顔に戻ってネモに語りかけた。

「……人生賭けろよ。イグニスに」

「は？　なんだよ急に」

「急にじゃねぇよ。いいか？　仮にも特定奇跡災害対策機構が特A認定する女だ。それにお前ら〝聖女の契約書〟を集めてんだろ？　イグニスの力はこれから増す一方だ。そんな女がさっきみたいに暴走したら、分かるよな？」

ガガカの深刻な声音にネモもたまらず頷《うなず》く。

「人生賭けて、ブレーキ掛けろ。それがお前の仕事で、アタシがお前らを見逃す条件だ」

ガガカの金色の瞳がネモを真正面から捉えた。ネモの頭に「厄介な女拾ったもんだぜ」や「そんなこと知らなかった」などと普段ならば選びそうな、茶化すような文言が浮かんだが、頭を振ってそれらを吹き飛ばし、口を開いた。

「俺は女と付き合うときはいつも人生賭けてる」

「くっせぇセリフだなぁおい！」

返事に満足したのか笑顔でガガカがネモの肩を殴る。ネモも負けじと「うるせぇ」と殴り返し、笑った。そこに近づく一つの影。

「随分と楽しそうじゃないですかネモくん」

満面の笑みに満開の怒りのオーラをまとわせたイグニスだった。

「おわ！　イグニス！　違うぞ！　これは別に浮気《うわき》とかちょっといい感じとかじゃなくてだな！」

そう言って急いで振り返るネモの脳内ではガガカと楽しくお喋《しゃべ》りしてしまった事実をどうごまかしたものかと言い訳が大量生産されていたが、イグニスの姿を見た瞬間にそれらすべては吹き飛んだ。

「おまっ！　なんでバニーガールゥ⁉」

イグニスは先ほどまで着ていた清楚《せいそ》なシスター服を脱ぎ捨て、なぜか煽情的《せんじょうてき》で蠱惑《こわく》的な、ラバーの黒が映えるバニースーツを着ていた。驚異の肌色面積80%オーバー！

「ん？　これですか？」

説明しようとするイグニスの背後にはなにかうごめく影。

「おい、イグニス……後ろにいる、そりゃなんだ？」

「ちょっと質問が多すぎますよネモくん……。貴方《あなた》がそんなだから……」

「ボ、ボクの事？」

背後から顔を出したのはイグニスと同じバニーガール姿のとてもかわいい少女だった。そう、とてもかわいい、将来はイグニスのような美人になりそうな……少女……。

「おっおっおっおま、こもこここおおこここここももこもこもこもち……」

口から泡を吹くネモに止めを刺したのはガガカだった。

「人生……賭けろよ……お父さん……」

哀れネモ、その場でひっくり返って卒倒してしまった。

第二章 ドニーガールと〝約束の祝祭〟

1

ことことと台所から味噌汁《みそしる》がたける音が耳につき、ネモは浅い眠りから覚めた。仕事が終わり、妻が晩御飯の支度を整える間に寝落ちしてしまっていたらしい。慌てて食卓の上を片付けていると、そんな姿をくすくすと笑う妻がいた。

「もう、そんなに急がなくても晩御飯は逃げませんよ」

味噌汁《みそしる》と白飯を食卓に並べながら妻、イグニスは柔らかく笑う。その笑顔を見るたびにネモは幸せはこういうものだとかみしめるのだった。

「いや、待ちきれなくてさ、今日のメニューは何だっけ？」

「今日は味噌汁《みそしる》と白飯と、子持ちシシャモですよ、ネモくん」

「子持ち……？」

謎の頭痛を発症しながらネモは食卓に並べられた焼き魚を見る。その腹はぷっくりと膨れており、恐る恐るネモはそのふくらみに箸を近づけ、割く。その瞬間――！

「ぱぱー！」

中からバニースーツ姿の少女がネモの下あごを思い切り殴りつけて飛び出してきた。

「ぱぱー玩具かってー！」

「パパースマホ買って！」

「ちょっとパパ臭い！」

「ちょっと洗濯物一緒に洗わないでって言ったじゃん！」

「おい！」

「おっさん！」

「イ、イグニス……助けて……！」

助けを求めてイグニスを見るとイグニスもなぜかバニースーツ姿だった。そのイグニスがネモに向かって顔だけをぐいと近づけ……。

「人生賭けて頑張って下さいね？　お父さん」

2

「うぎゃあああああああああ!!!!!!!!」

びっしょりと嫌な汗をかき、ネモが飛び起きたのは見知らぬベッドの上だった。

「ネモくん！　心配したじゃないですか！」

心配そうにのぞき込んでいたイグニスが途端に抱き着いてくる。視界いっぱいにイグニスの金髪が広がる。

「ああ、そうか、俺はドン亀の中、食われた車を求めて甲羅の街を目指してて……はは、悪い夢だ……」

ブラウンのカーテンと優しいオレンジの灯《あか》り。安モーテルのような室内に妙な居心地の良さを感じながらネモは顔いっぱいにかいた汗をぬぐった。

「お兄ちゃん……起きた？」

そこにひょっこり交ざるのは先程見かけたバニースーツ姿の少女。

「うぎゃ！　夢じゃない⁉　イ、イグニスお前子持ちだったのか⁉」

慌ててイグニスの肩を掴《つか》んでその服装を確認するネモ。それはやはりバニースーツだった。悪夢の再来に脳がクラリと揺れる感触。

「な、何を馬鹿げたことを！　私は未婚の生娘です！　聖女ですよ⁉」

「へ？」

「この子はトト。先程ネモくんたちに置いて行かれた私と出会った甲羅の街に住む優しい子ですよ」

「あの……ボク……トトです。よろしく……お願いします……」

褐色の肌にボーイッシュショートの銀髪、金色の目を持つ少女がおどおどと自己紹介をした。

「もちろん彼女は私のお腹《なか》から生まれてはいません。全くとんでもない勘違いですよ」

「そうかよかった俺はてっきり……。いやよそう。それよりここはどこなんだ？　随分と居心地がいいけど」

「ここは私たちが目指していた甲羅の街、……の入り口にあるモーテルですよ。トトと出会い、街まで案内してくれる約束を取り付け、これは手柄だと喜び勇んでネモくんに自慢しようと駆け寄ったら泡を吹いて倒れたのでとりあえずここに案内してもらったというわけです」

「そりゃ助かった。ありがとう」

礼を言うネモ。しかしどうしても引っかかることがあった。

「しっかし、このガキもイグニスも、なんでまたそんな趣味の悪いバニースーツなんかを着てんだ？　シスター服はどうした」

「おや？　ネモくんはこんな衣装は嫌いですか？」

煽情的《せんじょうてき》なバニースーツの裾をひらりと持ち上げてイグニスが尋ねる。

「ハッ！　俺みたいな硬派を絵にかいたような漢がそんな浮ついた衣装……」

「ほーれ、太ももですよー」

「うーん、この網タイツの食い込みがタマランチ会長でございますなぁ」

「谷間も寄せてみたりなんかして！」

「あーダメです！　ダメです！　イグニス嬢！　おっぱいが見えてしまいます！　〝おっぱいが、ああおっぱいが、おっぱいが〟（芭蕉《ばしょう》の句　※諸説あり）」

「今度はお尻がやってきた！」

「な、なんてすげぇTバックなんだ！　もうケツの割れ目にTカード通したらポイント貯《た》まるんじゃねぇか⁉　貯《た》まるだろ！　誰かT●UTAYA行って作ってこい！　今すぐ！」

「何やってんだこの変態バカップルが」

ドピンクイチャイチャに興じていたバカップルに、奥の部屋から現れたガガカが鉄拳を一発ずつお見舞いして現実世界に引き戻した。涙目でガガカを見上げたネモの目に映ったのは、これまた露出度の高いバニーガール姿のデカケツ獣人の姿であった！　その姿に一度は殴られて涙でゆがんだネモの視界が再びピンクに染まる！

「おっほー！　ガガカちゃんどしたの！　もうすっごいじゃないの！　もうすっごい！　何がってもうほぼまろび出ているようなケツの破壊力が……」

「いい加減にしろこのドスケベ野郎！　ガキがおびえてるじゃねぇか！」

今度はモーテルの板張りの床にめり込むのではないかというほどの激しさでネモを殴りつけるガガカ。見ればガガカの言う通り、ネモの暴走を部屋の隅でプルプルと震えながら見ているトトがいた。

「こ、この服は今この街で開かれてるお祭りの伝統的な衣装で……街に入るには着なきゃいけなくて……良かれと思って……」

その姿にさすがのネモも正気に戻り、冷や汗が毛穴から一気に放出された。それを手の甲で拭い、立ち上がり、壁にもたれ、煙草《たばこ》に火をつけ、一言。

「男ってのは……時々、獣になっちまうんだ」

　無言で女性陣全員から殴られた。

3

「祭りねぇ……」

　ぼこぼこにされ、顔面を腫らしたネモが呟《つぶや》く。

「そう、ウサギ神イニエール様を称《たた》える祭りで、皆は永遠の祝祭って呼んでる……」

「はー、永遠ねぇ。景気がいいこって。で、その祭りになんで俺達が行かなきゃなんねぇんだ？」

「馬鹿な事を言いますね、ネモくんは。祭りがあるなら参加するのが人という生き物……」

「別に遊びに行こうってんじゃねぇよ。アタシはこの街の調査が本筋の仕事だからな。祭りがあろうとなかろうと街に出向いて調べねぇといけない訳よ。つまりはこんなバカみたいなバニースーツを着るのもお仕事の内って訳だ」

「仕事熱心なことで」

「それに……このガキから頼まれちまってな。街を案内する代わりに祭りに連れて行って欲しいって」

「そんなの親に連れてってもらえよ」

「アタシだってそう言ったさ！　そしたら……」

――「お父さんも、お母さんももういないの」

「こんなこと言うもんだからかわいそうでよぉ！」

目を潤ませてトトを抱きしめるガガカ。それを冷めた目で見つめるネモ。

「なんだよネモ。子供は嫌いか？」

「ああ、嫌いだね」

「ふふん、ネモくんは自分がまだ子供だから好きになれないんでしょう。因《ちな》みに、私は子供が大好きですよ。世界を治めていた頃には何人もの子供に囲まれて過ごしました」

「不老不死の癖に精神年齢が祭りを楽しみにするガキに言われたくねーけどな」

「祭りを楽しみにして何が悪いというんですか⁉　ここ数千年ロゼリアのもとで禁欲的な生活を送っていたんです。それくらいいいじゃないですか！　なんでそんなに突っかかってくるんですか⁉」

「理由が知りたいか？　これだよ！」

ネモは自らの足元に積まれた白兎《しろうさぎ》の着ぐるみを指さして怒鳴った。

「女の衣装がバニーガールなのはまだいいよ。目の保養だよ。でも男はなんで着ぐるみなんだ！」

「男のバニースーツは……グロいので……規約で取りやめになりました」

感情の死んだ目でトトがぼそりとその訳を説明した。

「分かんねーぞ！　二十歳すね毛まみれの青年バニーガールだって悪かねーかも知んねーぞ！」

「やめてくださいネモくん。その文字列だけで百年の恋もさめそうです」

げんなりした表情のイグニスの言葉でネモはしぶしぶ兎《うさぎ》の着ぐるみに袖を通した。その何気ない動作をしながらネモはイグニスとガガカにさりげなく近づき耳打ちをする。

「おい、ホントにあのガキ信用できるのか？　こんなおかしな亀の中で、たまたま街の入り口に一人でいて、なぜか人数分の服も用意できて、更には街の案内までしてくれる？　まるで誘いこまれてるみたいに感じるぜ。作為的だ」

ネモの言葉にガガカが感心したように唸《うな》った。

「へぇ、ネモ。お前も奇跡との付き合い方がわかって来たじゃねぇか。そうだよ。明らかにおかしい。十中八九、誰かの何かの思惑でやってきた何者かだ」

「それ何も分かってねぇのと同じじゃねぇか」

「実際そうさ。奇跡なんて得体のしれないもんを相手にするなら基本原則は為すがままにって話さ。誰かの何かの思惑が見えるまでは泳がされとくしかできない。まああのガキはアタシが目を離さずに監視しとくさ」

「一つ忘れてるかもしれねーが、俺はこの亀にも街にも祭りにも興味はねーんだ。車を！　返して欲しいだけ！」

「そうも言ってられないですよネモくん。私はこの街に入ってから〝聖女の契約書〟の気配を感じています。事はもう車だけじゃありません」

イグニスが会話に交ざり、いつになく真面目な面持ちで告げる。

「おい、ちょくちょく言ってるがその気配ってものの精度はどれくらいなんだ。どうして今まで感じ取れなかったんだ、そもそも何なんだ契約書の気配って！」

「うーん説明は難しいんですけど、ネモくんが家で焼きそばを作っているとするじゃないですか。家の外にいる私はネモくんが晩御飯に何を食べるのかわかりません。でも一歩家の中に入れば、濃厚なソースの匂いで焼きそばを食べるんだなとわかる。みたいな感じです」

「それは匂いじゃん」

「匂いだな。ソースの匂いだな」

「うるさいですねぇ、じゃあいいですよそれで。とにかく聖女の契約書からはソースの匂いがするんです」

「結論がそれでいいのかよ」

「ソースはおいておくとしても、どうやらお前らも甲羅の街を調査する理由ができたみたいじゃねーか。これからもよろしくな？」

「ふふん。そもそも私はお祭りの時点で行く気満々なんです。更に今の話のせいで焼きそばを食べたくなってしまいました。また一つ、お祭りに行く理由ができてしまいましたね、ネモくん？」

「はぁ、車に、亀に、祭りに、今度は聖女の契約書だ。もうね、流石《さすが》にキャパオーバー」

「諦めろ。奇跡なんてトンチキに関わったらそんなのが日常だ。契約書の聖女を恋人にすりゃ猶更な。一筋縄って言葉は辞書から捨てな」

ガガカが何処《どこ》か諦めたように言いながら荷物から拳銃を取り出し、銀色に淡く光る弾丸を一発装填した。

「お前の仕事って大変なんだな」

「だから準備だけはしっかりとってな。今回だって、トンチキ祭りに顔出したら人肉食カーニバルだったなんて事もあり得る」

バチンと弾丸を装填したシリンダーを閉め、太もものタイツの上にベルトを回して取り付けたパドルホルスターに差すガガカ。一連の動作を見たネモはため息を漏らす。

「ん？　なんだよネモ」

「いやぁ、獣人＋バニーガール＋拳銃って、なんかこう……凄《すご》く良《い》いな。ダブルチーズバーガーポテトL飲み物コーラでって感じだ」

「コッテリ系は嫌いか？」

「いいや、大好物だよ」

言いながらネモも荷物から拳銃を取り出し、ふわふわの兎《うさぎ》の着ぐるみの手で空の薬室を確認した後、マガジンを押し込み、スライドを引くと親指でカチリと安全装置を掛けた。

「……俺どんなふうに見える？」

「テロの準備をするマスコット」

「俺もコッテリしてぇなぁ……」

「諦めろ、その見た目じゃ毒々しさしかねぇよ」

「セクシーとファンシーな格好で随分と仲が良さそうじゃないですか。私だって負けてはいないと思うんですが！」

ガガカと仲良さげに喋《しゃべ》るネモに若干嫉妬したのかイグニスが頬を膨らませてネモの手を取って引っ張る。それにガガカとここまでのけ者にされていたトトもついてくる。

「準備はもう十分でしょう！　さっさと祭りに行こうじゃないですか！」

「うおまて！　着ぐるみの足元が！」

イグニスの一声でモーテルの扉が開かれ、バニーガール三人と兎《うさぎ》の着ぐるみ一匹は大亀の甲羅の街へと躍り出た。

4

空は亀の甲羅に覆われて星一つない漆黒の夜空に見えた。やけに近く重苦しい夜空。しかし街の空気はそれとは正反対だった。

レンガ造りの大通りの左右には兎《うさぎ》を模した照明が所せましと並べられ、夜しか来ない街をオレンジ色にぼうっと優しく照らし出している。通りを囲む家々も同じで、木造、石造り関係なく外壁にこれでもかというくらいの兎《うさぎ》型の照明を通りに向かって垂らして明かりの確保に協力していた。おかげで様々な光源からのオレンジの灯《あか》りに満たされた通りはどこか夢の中にいるような、そんな幻想的な雰囲気に満ちていた。

「なんかお祭りというよりかは、もっとこう落ち着いたイベントみたいだなぁ」

着ぐるみをのっそのっそと動かして、ネモはそんな雰囲気を満喫する。

「ふーむ、落ち着いたイベントなのは良《い》いことですが、ウサギ神を称《たた》える〝永遠の祝祭〟など と大仰な名前の割には肩透かしは否《いな》めないですね」

「確かになぁ、お祭り女のアタシとしちゃ、ちょっと物足りねぇよ」

どこか不満げなイグニスとガガカ。そんなガガカのバニースーツの袖をトトが引っ張る。

「そ、そんな道の真ん中にいると危ない……です。アレが近づいてきて……ます」

トトの指さす方からは何やら賑《にぎ》やかな音と光とこの道一杯に広がった何かが少しずつネモ達の居る方へ近づいてくるのが見えていた。

「アレって……アレのことか？」

近づいてくるにしたがって段々とその全貌が明らかになる。それはデカい……山が動いているのかと見紛《みまが》うほどにデカい一匹の白兎《しろうさぎ》がこちらに向けて走ってきているように見えた。

「なんなんだアレ！」

ネモがそう叫ぶ間にもその巨大な兎《うさぎ》は圧倒的な速度でもってネモ達との距離を詰めて来た。道の先に見えていたのがあっという間にネモ達の眼前だ。

距離が近づき、迫って来る巨大な兎《うさぎ》の姿をしっかりと視認したネモは、それが巨大な兎《うさぎ》の形を模した山車《だし》であることに気が付いた。

巨大な土台の周りに兎《うさぎ》を模した精巧な飾りが組み付けられ、その飾りの兎《うさぎ》がピカピカと発光して目立っているため遠目には本物の兎《うさぎ》と見間違えたのだ。地面と接する駆動部には大型トラックに使われるような大きなタイヤが幾本も並び、そのばかげた速度を実現していた。土台の頂上、ちょうど兎《うさぎ》の飾りの背中に当たる部分は広いステージとなっていて人が沢山いるようだという事だけは地べたのネモからはなんとか視認できたが、そこで何が行われているのかまではうかがい知ることができなかった。そんな人工の兎《うさぎ》が今、車輪の足でもってネモ達を撥《は》ねようと急接近していた。

「ヤベェ、轢《ひ》かれる！　逃げッ！」

ガガカがそう言う間もなく、一同はその山車《だし》に撥《は》ね飛ばされ……なかった。

「うおっ……んぷっ！」

兎《うさぎ》の山車《だし》にぶつかる瞬間、ぶよぶよとした嫌な感触に包まれたかと思うと、一瞬の間にネモは足の踏み場もないほどの人ごみの中に立っていた。

「こりゃ……おそらくあの兎《うさぎ》の山車《だし》の中だなァ！」

「中ァッ⁉」

いずこからか聞こえてくるガガカの声にネモはガガカも同様にこの人ごみに飲まれているのだと理解し、ここは先ほど見たあの兎《うさぎ》型の山車《だし》の頂上、ステージとなっていた背にいるのだと直感した。唯一自由に動く首から上をぐるぐるとまわしてガガカの姿を探す。なんせ隣に立つバニーガールの汗がこすりつけられるほどの過密具合なのだ。歩いたり、腕を上げたりという行動はとてもできそうになかった。

その視界に飛び込んでくるのはバニーガール、バニーガール、そして兎《うさぎ》の着ぐるみを挟んでバニーガール、とにかく大勢の人がこの空間にすし詰めになっている光景だった。

その人波の隙間からちらりと見えるのは最早《もはや》崩壊寸前な屋台。上下にも左右にもまるで違法建築かの様に折り重なって建てられた屋台が軒を連ね、たまたま店の前に押し出されてきた人になにがしかの食い物を放り投げる。そんなカオスな光景を幾本か建てられた小ぶりの櫓《やぐら》を繋《つな》ぐように吊《つ》るされた提灯《ちょうちん》の列が大きく揺れながら提供するギラギラとした明かりでもって照らしていた。

櫓《やぐら》に上った人がこの飽和した状況をプールの監視員の様に監視しようとする姿も見受けられたが、そんなものは焼け石に水だった。極限まで凝縮した祭り。とでも言えばいいのだろうか、三百六十度何処《どこ》を見回してもバニースーツや兎《うさぎ》の着ぐるみを着た人間でこの空間のキャパシティは完全に飽和しており、結局ネモはガガカの姿を見つけるどころか、身じろぎ一つ取れなかった。

「クソぉ、イグニス！　トト！　ガガカ！」

とりあえず仲間の名前を叫んでみるものの、祭りの喧騒《けんそう》がネモの声を押しつぶした。どうやら最初にガガカの声が聞こえたのは相当なラッキーかただの幻聴の様だとネモが思い至った時、ネモの一番近くの櫓《やぐら》の上に立つ男が叫んだ。

「波が来るぞォ！」

ネモは頭にハテナマークを浮かべる暇もなく〝波〟の事を全身で理解した。ネモの背後から〝圧〟が、〝圧力〟がまるで高波の様に襲い掛かってきたのだ。それは全て人だった。もうこれ以上は入るはずがない空間に人が更に大量に追加されてきたのだ。

「ガ、ガガカァ！」

その高波にのまれるままのネモはこの山車《だし》に囚《とら》われてから唯一コミュニケーションの取れた相手の名前を叫ぶも、波にさらわれた木の葉に同じ、抗《あらが》うなんて言葉がばかばかしくなるほどの圧力でもってネモは凝縮された祭りの中にその身を攫《さら》われていった。

〈ギャハハハハハアッハハハハ〉〈ヤッサイヤッサイ！　ヤッサイヤッサイ！〉〈キャア誰かおっぱい触った！〉〈一人倒れた！　救護班！　救護班！〉〈そんなモンこねぇよギャハハハハッハ〉〈チンチキチンチキチンチキチンチキチンチキ〉〈ピピピピピピピピ！〉〈どけよブス！〉〈進んで！　お願いだから進んで！〉〈前が詰まってんだよ！〉〈俺一生ここでいいかも〉

花火が甲羅の天井ギリギリで炸裂《さくれつ》する。ドカンと空気を震わせて辺りが一瞬鮮やかな色に染まる。

〈綺麗《きれい》ー！〉〈うおー〉〈ヤバッ〉〈ちゃんと見なさいよ〉〈見れねーよこの人だかりじゃあ！〉〈駄目だ、死ぬ〉〈まだ十分しかたってないでしょ〉〈カランコロン〉〈ねえあっちも見て〉〈どっち見たって人しかいねぇよ！〉〈見てー〉〈アハハハハハハ〉〈ギャハハハハハハ〉

永遠に続くかと思われた祝祭の喧騒《けんそう》はネモには永遠かと思えるほどの数分をかけてネモを揉《も》みくちゃにした後、唐突に彼を何処《どこ》かに吐き出した。四肢の自由が利《き》き、祭りの喧騒《けんそう》がない何処《ど》処《こ》かへ。

「ケホッ……何だったんだ……一体……？」

ネモが恐る恐る起き上がる。薄暗い通り、先程までネモを飲み込んでいたのであろう兎の山《うさぎだ》車《し》が遠くに見えた。

「畜生……胸揉《も》まれた……タダで揉《も》まれた……畜生……畜生……」

声のする方を見ると、倒れたまま、最早《もはや》バニースーツも半脱げの状態で涙を流しながら地面を叩《たた》くガガカがいた。とりあえず無事だろうと判断し、イグニスとトトを探すネモ。

「おいイグニス……トト……。大丈夫かぁ？」

「全く、酷《ひど》いやられ様じゃないですか、ネモくん。それでも私の彼氏ですか？」

ポテポテと後方から呑気《のんき》に歩いて地面に転がるネモとガガカのもとにやって来たイグニスが笑いながら手を差し出す。

「あ、テメッ！　逃げてやがったのか！　狡《ずる》いぞ！」

「トトの忠告をちゃんと聞かずにあの山車《だし》に飲み込まれたネモくん達が悪いんじゃないですか。はい立って」

ネモを立ち上がらせたイグニスの背後に隠れるようにして申し訳なさそうな顔をしたトトも現れた。

「ネモくんとガガカが飲み込まれて溺れている様は大いに笑えましたが、一体今の高速移動する兎《うさぎ》型の山車《だし》は何なんです？」

「今のは、〈永遠の祝祭〉名物の〝眠らない兎《うさぎ》〟……」

「眠らない兎《うさぎ》だぁ？　どういうことだよ」

「名前の通り眠らずに二十四時間、この街を凄《すご》い速さで移動し続ける兎《うさぎ》型の山車《だし》のこと……。大体普通の兎《うさぎ》の666倍くらいの大きさ」

「666倍ねぇ……」

揉《も》みくちゃにされ、痛む体を引きずってネモが嘆息する。

「正直、そう言われてもピンとこねぇな。俺、掛け算できないし。飲み込まれた身からすりゃ、とにかくバカデカい以外の感想は無かったよ。縦にも横にもな」

「アタシもネモに概《おおむ》ね同意だ。ただ、数字は意味ありげだな」

「半脱げでなんだよガガカ」

「奇跡に絡《から》むものが意味ありげな時、それには大体意味があんのさ。不吉な数字を持つなら、あのトンチキ山車《だし》は不吉なもんだ」

「……それは……その通り……」

イグニスの陰からトトが途切れ途切れにガガカの言葉を肯定した。

「あれはこの街の人間の牢獄《ろうごく》だから……。今は多分千人くらいの街の人があそこに囚《とら》われてる……普通、街の人間が取り込まれたら二度と出てこられない。だからあの山車《だし》の奏《かな》でるお囃子《はやし》や走行音は……不吉がやって来る前兆。今回皆がはじき出されたのは……よそ者だったおかげ」

「おいおい、牢獄《ろうごく》？　囚《とら》われてる？　穏やかじゃねぇなぁ」

「街の人間も……あれには絶対に近づかない。ボ…ボクですら絶対に」

「ボクですら……？」

「そ、それくらいヤバいとこって意味！　中に入ったら自分が自分じゃなくなって、祝祭とは名ばかりの死の舞踏を死ぬことなく永遠に踊り続ける……」

「そんなモンがどうして街中を走り回ってんだよ……」

「ネモ、この街じゃあこれが普通で、おかしいのはアタシ達の方だ。とりあえずは受け入れろ。忘れたか？　為すがままにだよ」

「バカでけぇ山車《だし》にものすごい速さで轢《ひ》かれて怪我《けが》一つないのも、その山車《だし》の上では千人の人間がすし詰めにされてて、祭り狂いながら永遠に降りることができないのも、俺達が放り出されたのが街の外の人間だからっていう、どうやって判断したんだって理由なのも全部？」

「ああそうだよ。トンチキ奇跡のトンチキ現象だ。胸を揉《も》まれたのだけは許せねぇけどな」

「納得いかねー！　俺理系なんだけど！」

「文系ならあれを納得できるみたいないい方はやめてくださいネモくん。私は文系です」

「文系だろうが理系だろうが関係ねぇよ。奇跡なんかと関わるために必要なものは一つだ。流れのままに理不尽に叩《たた》きのめされた後に立ち上がるハートの強さ。これだね」

いつの間にやらガガカは〝永遠の祝祭〟の騒動の中で半脱げになっていたバニースーツを完璧に着直していた。尻を覆う切れ込みの入ったハイレグに指をひっかけグイっと持ち上げると、パシンと音を立て自らの尻に叩《たた》きつける。

「こんなふうにな」

「随分と格好がよろしいこって。このワーカホリックが」

「性に合ってんだよ。この仕事が」

「ガガカの仕事哲学は分かりましたが……こんな〝眠らない兎《うさぎ》〟は私が楽しみにしていた祭りと違います。もっと普通のお祭りは無いんですか？　いい加減焼きそばが食べたいです！」

「そ、それなら……イニエールの像がある中央広場の辺りがもうちょっと落ち着いた感じの場所……です……」

「そうですか、ではそこへ向かいましょう！」

にっこりと笑うイグニスとは対照的に永遠の祝祭の手荒な歓迎への不満なのか、それとも得体のしれない祭りに近づく事への不安なのか、ガガカとネモの顔は険しく曇っていた。しかしそんな二人もトトの案内に従って中央広場に近づくにつれて大きくなる祭《まつり》囃子《ばやし》、道に溢《あふ》れる笑顔のバニーガール、どんどん濃くなる美味《おい》しそうな匂い、これら祭りの余波を全身で浴びるにつれてその表情はどんどんと明るいものになっていった。

「ネモくんっ！　ネモくんっ！　金魚すくいあるよ金魚すくい！　私が救ってあげなきゃ！　聖女として！」

「落ち着けイグニス。口調が崩れてるぞ」

辿《たど》り着《つ》いた中央広場も〝眠らない兎《うさぎ》〟に比べれば落ち着いているとはいえ、ともすればはぐれてしまいそうな喧騒《けんそう》の中にあった。活気づいた屋台と浮ついた気配に食欲をそそる香り。

もう興奮が抑えきれないといった様子であちらへこちらへと誘われてふらふらと歩き回るイグニスをネモが軽く小突いた。

「痛いじゃないですか！」

「確かにでけぇ祭りだけど、はしゃぎすぎだろ」

「しょうがないじゃないですか！　かれこれ数千年、こういった楽しい場とは縁遠い生活を送ってきたんですから！　テンション爆裂にもなるってもんです！」

「あんな趣味の悪い像が見てるってのによくもまぁそこまでテンション上げれるもんだ」

ネモが呆《あき》れた視線を送る先は中央広場の真ん中、そこには台座に乗った全長およそ五メートル、純金で出来た若い兎《うさぎ》獣人の像が立っていた。

「あれは……イニエール。この街を作った人」

「じゃあ亀もアイツが作ったのか？」

「そう……」

「何をどうやったんだか。まあとにかく全員はぐれんなよ？　この人ごみの中、絶対に探したくねぇ。おまけに全員バニーガールだし」

「そこは大丈夫です」

と言ってイグニスはネモの手を握る。

「しっかり面倒見てくれるんでしょう？　ネモくんが」

少し顔を赤らめて、上目遣いでそう言うイグニスにネモは思わず照れてしまう。

「おう、握力には自信があんだ」

「ふふ、それはちょっと怖いですが、まあ心強いと思うようにしましょう」

赤面しながらよくわからないことを言うネモをイグニスは否定するわけでもなく楽しんで笑顔を向ける。

「絶対に放さないでくださいよ？」

そう言って二人は祭りの喧騒《けんそう》の中に溶け込んでいった。


「あいつらなんかもう全部忘れて普通に恋人縁日デートを楽しんでねぇか？　車探しはいいのか？　アタシは乳を揉《も》まれたばかりなんだがァ⁉」

ものすごくナチュラルに二人の世界からはじき出され、置き去りにされたガガカ。その愚痴を聞いてくれるのははぐれないようにと片手を繋《つな》いだトトだけだった。

「うう……なんか……ボクの案内が不十分で……ごめんなさい……さっきも〝眠らない兎《うさぎ》〟でその……おっぱい揉《も》まれて……」

「あ、いや、トトにキレてるわけじゃないんだ。アタシはあの二人のノー天気さに……」

そこまでガガカは不安げに自らを見上げるトトの視線に気づき、ため息をついた。

「ま、キレてもしゃーねーわな。悪かったなトト！　せっかく祭りに来たってのにイライラしちまって！　お詫《わ》びになんか奢《おご》らせてくれや！」

「ボ、ボクに気を使わなくても……いいよ？」

「あ？　気を使ってるわけじゃねーぞ。アタシが祭りを楽しむために言ってんだ」

「ガ、ガガカがお祭りを……楽しむ？」

「トトが楽しけりゃ、アタシも楽しくなる。大人ってのはそういうもんだ。だからトトは責任もって思いっきり楽しめ。アタシの為《ため》にな」

笑顔でくしゃくしゃとトトの銀色の髪を乱暴になでながらそう言うガガカ。不安げだったトトの表情が和らぎ、年相応の子供らしい表情が現れる。

「じゃ……じゃあボク！　綿あめ食べたい！」

「よし分かった。何で出来てるかさっぱりわからねぇ綿あめ食おう。えっと、財布はどこ入れたっけな……」

「おっぱい揉《も》まれたのも気にならなくなった？」

「それは別だ。この街の調査で絶対に見つけ出して殺す」

「ガガカ怖い……」

「いいか？　覚えとけトト、女の胸は絶対にタダやどさくさで揉《も》ませていいもんじゃねぇんだ。

宝物なんだ。ハイ復唱」

「女の胸は宝物……」

「よし、これでトトも一人前のレディに一歩近づいたな」

手を繋《つな》ぎ、会話の内容はどうあれ、笑いながら楽し気に祭りの中を歩く二人は種族の違いはあれど、まるで親子の様だった。

「お、トトくじ引きあるぞくじ引き。どうせやりたいんだろ？」

二人が連れ立って祭りをまわり始めてから少しした後、ガガカは賑《にぎ》わっているくじ引きの屋台を見つけた。景品も中々豪華で、それをうたって客を集めているようだ。

「え、別に……」

「なにぃ？　お前それは良くない。くじ引きってのはガキが唯一楽しめるギャンブルじゃねーか。脳汁出してこーぜ」

「子供の頃からそんな危ない汁出すのもどうかと思う……それにあれ見て」

トトが指さすのは景品として屋台に陳列されている最新鋭のゲーム機の箱。しかしそれは傷やへこみが遠目から見ても目立つほどボロボロだった。

「最新のゲーム機の箱があそこ迄《まで》劣化するって事は色んな所で使い回してる証拠。使い回せるって事はくじに当たりは入ってないって事……」

「コラ、トト」

ガガカが軽くトトの頭を小突く。

「そういうひねくれた考えで他人を疑うのは良くねぇぞ。店主の顔を見てみろ？　優しそうな姉ちゃんじゃねぇか」

「ごめんバニースーツ着てる時点で優しそうには見えない。淫靡《いんび》に見える」

「バニーはお前も着てるじゃねぇか」

「淫靡《いんび》に見える？」

「ガキがナマ言ってんじゃねぇよ。可愛《かわい》いうさちゃんだ」

「むぅ」

「ガキはガキらしく、くじ引きの景品のゲームに盛り上がってりゃいいのさ。てことで行こう！　くじ引こう！　脳汁出そう！」

ガガカは渋るトトの手を無理やり引いてくじ引きの屋台へと向かう。

「もう、ガガカがゲーム欲しいだけじゃん」

「バーカ、いい大人はゲームなんてやらねぇよ、当たったらトト、お前にやる」

「……いいの？」

その言葉に渋っていたトトの表情が崩れ、目に年相応の輝きが煌《きら》めいた。その表情にガガカは満足そうににんまりと笑う。

「おうよ！　その代わり、しっかり応援しろよ？」

「うん！」

「それにな、トト」

辿《たど》り着《つ》いた屋台で金を払いながらガガカはこっそりトトに耳打ちする。

「世の中ってのは、意外と善人で回ってんだよ」

ガガカはウインクを一つして、くじが大量にひしめくボックスの中へと手を突っ込んだ。

そして少しの時間と、ガガカの財布の中身が溶けた時、ガガカは怒りの咆哮《ほうこう》を上げた。

「おいクッソババア！　テメェ！　ぜってーこのくじ当たり入ってねぇだろが！　あ⁉　この極悪人が！」

「何言ってんだい！　あるよ当たりくじは！　極悪人たぁご挨拶だね！　この毛玉！」

「誰が毛玉だふざけんな！　汚い手使いやがって！」

憤《いきどお》るガガカの目の前で新品のくじが大量にくじ引き箱の中に追加される。

「テメッ！　当たり引く確率下げんじゃねぇよ！」

「残念だったねぇ……ウチは少なくなったら足すシステムだよ！」

「それが詐欺だっつってんだよ！」

「甘えんじゃないよ！　ガキの小遣いみたいな値段で高額商品もっていけるなんて信じる方がバカなんだよ！」

「開き直りやがったな！　こんな店潰れちまえ！　みなさーん！　この店詐欺だ！　詐欺をや

っている！　極悪人の経営する詐欺屋台だ！　詐欺詐欺詐欺ィ！」

「ちょ、ちょっとガガカ……恥ずかしいからやめよ」

騒ぎを聞きつけて集まって来た人だかりの中、ガガカが先程言った言葉とは百八十度逆の言葉で店主とバトルする姿にいたたまれなくなったのか、トトがやんわりと止めに入る。しかしそれでも尚《なお》筆舌に尽くしがたい罵詈《ばり》雑言を吐いた後、ガガカもやっと満足したのか唾を吐いてその屋台を後にした。

「ちっくしょー、あの店ぜってー〝やってる〟ぜ！　腹立つわー。トト、後であの店の前にゲロ吐きに行こうぜ」

祭りの喧騒《けんそう》の中、残ったわずかな金で買ったりんご飴《あめ》に鋭い牙でがぶりとかじり付きながらガガカは愚痴をこぼす。

「ふふっ、ボクもやる」

その子供じみた姿が面白かったのか笑みをこぼしながら綿あめを持ったトトもそれに賛成した。

「よっしゃ、じゃあ決意の一気食いだ。行けるかトト？」

「もちろん！」

その言葉で二人は各々《おのおの》の手に持った食い物を一気に食いつくし始めた。ガガカは大きな口で一息に林檎《りんご》一玉を飴玉《あめだま》かの様に噛《か》み潰し、トトはもごもごと綿あめを急いで口に詰め込む。

「心強いじゃねーか。このこの」

その様子が愛らしくてガガカはトトのほっぺたをぐいーと伸ばす。ただでさえ柔らかいトトのほっぺたは綿あめで膨れ、ガガカに引き伸ばされてもうもちもちだ。

「よしっ、腹は起きたし、次は何やる？」

「もぐっ、ムグッ、ボ、ボクあれやりたい！」

そう言ってトトが指すのは金魚すくい。

「おおいいぞいいぞー。掬《すく》って家に持って帰って馬鹿デカ金魚に育て上げて処理に困ろう！」

二人はバニースーツ姿で、水槽というには質素な桶《おけ》の前にしゃがみ、店主に金を渡し、ポイと掬《すく》った金魚を入れる皿を受け取った。

「よっしゃトト見とけよ？　アタシはこれでも金魚すくいには自信があんだ」

「そうなの？」

「まあ見てなって。まずはポイを垂直に水に入れてだな」

ガガカとトトの目の前を優雅に泳ぐ金魚の一匹に狙いをつけ、ガガカはその背後をポイで追い立てる。

「金魚は前しか見えねぇから自分が追い込まれてるとも知らずに真っすぐ逃げるんだよ」

気づけば金魚は水槽の角に追い込まれ、抵抗する間もなくするりとガガカのポイによって掬《すく》い上《あ》げられた。

「ほらな、いっちょ上がりぃ！」

「うわぁ凄《すご》い！　ガガカ凄《すご》い！」

「コツさえわかりゃトトにもできるさ」

「できるかなぁ……」

　ポイを渡されたトトの顔はなぜか沈んでいた。

「なんでそんなに自信がねぇんだよ。やってみなくちゃわかんねぇぞ？」

「でもボクどんくさいし、何やったってうまくいかないんだよね……」

「なんでそう決めつけるかなぁ……」

「いつも双子の姉や、下の妹に怒られるんだ、トトはどんくさいって。その妹の望みをかなえてあげたくて、色々と頑張ってるのにさ」

「へぇ、トトは三人姉妹の真ん中なんだな」

「厳密には違うんだけど、まあ姉妹みたいなものかな」

「ま、なんか理由があるんだろうから深くは聞かねぇが、それにしても酷《ひど》くねぇか？　トトだって頑張ってるんだろ？」

「うん、頑張ってる……つもり。でも言われているうちに、ボク自身もなんだか自分が何もできないどんくさい愚図だって気持ちになってきちゃうんだ。そんな気持ちでやるから、何やっても上手《うま》くいかない」

「負のループだなぁ……」

ガガカは先ほどのくじ引きでの数少ない戦利品である煙草《たばこ》を取り出し、火を点《つ》けると少し逡《しゅん》巡《じゅん》した後、深く煙を吐いて口を開いた。

「トト、アタシは大人で、しかも捜査官なんて誇り高い仕事をしてる。その上かなり有能だ」

「え、どしたの急に」

「この亀の調査だって三ヶ月の念入りな事前調査の結果、誰も存在すら知らなかったこの街の存在を見つけ出し、イグニスとネモっていうお荷物が増えた上でもまだしっかりと仕事をこなしてる。超絶有能捜査官だ」

「う……うん」

「それでも、いつも失敗だらけだ。今回だって亀のクソ穴の中でケツが嵌《はま》って動けなくなったし、イグニスの逆鱗《げきりん》に触れて文字通りバラバラにされた」

「ボクと出会う前に何やってんの……？」

「それはまあ置いといて、トト。超絶有能なアタシですらこうやってミスをする。間抜けを晒《さら》す、どんくさい事をする。いわんやまだガキなトトにおいてをやって話だ」

「ボクが子供だからどんくさくってもしょうがないって事？」

「いや、どんな人間でもだ。どんな人間でもミスをする。当たり前のことだ。それを理解できずに責める方が馬鹿なのさ。だから気にすんな。バチンとでけぇ金魚掬《すく》おうぜ！　そんで妹に見せてやれ！」

「……うん！」

「それに、アタシが見た所、トトは別にどんくさくねーぞ？　イグニスとかネモとか、アイツらの馬鹿さと邪悪さ加減に比べたら全然無害。可愛《かわい》いもんよ」

「ははっ、ガガカは優しいね」

「おうよ、アタシは子供に優しい捜査官なんだ」

ガガカに励まされ、今日一番の笑顔を見せるトト。そのままポイを手に金魚ひしめく桶《おけ》に向かいしゃがむと、なぜかそのままポイをガガカに見えないように地面に置いた。

「しかしお前も大変だよなぁ……親がいねぇとか、あんな街の入り口で一人とか、めんどくさい姉妹とか」

トトの後ろでそう独り言ちるガガカを横目に見ながら、トトはバニースーツの懐《ふところ》から、マットな黒色で仕上げられたカランビットナイフを音もなく取り出す。

「倒れた人間を介抱するのに使うのが自宅じゃなくてモーテルだったり、お前に何かあるってのは薄々勘づいちゃいたけどよ……」

ガガカの両目が優し気に細くなりしゃがみ込んだトトの頭を右手でわしゃわしゃとなでる。くすぐったそうにしながらタイミングをうかがったトトは握り込んだカランビットナイフを振り向きざまの一閃《いっせん》でガガカの頸動脈《けいどうみゃく》に突き立てるべく腕を振るった。

「それは今アタシを殺そうとしてる事と何か関係があるのかい？」

トトのナイフはガガカの頸動脈《けいどうみゃく》には届かず、右手ごとガガカの左手に押しとどめられ、奇襲は不発に終わった。

「ほお、両刃のカランビットか、随分とまた腕に自信があるんだな」

「ち、ちが……これは……ボク……」

「おいおいこの状況で言い訳は無しだぜ。大方散々油断させて、腹も一杯になったところを狙おうと思ってたんだろ？　モーテルにいた時からちょこちょこと殺気が漏れてたからいつ来るかと思ってはいたしな」

ぐいとトトの手をひねり上げ、簡単にガガカはナイフを取り上げる。

「アタシは金魚じゃねぇからな、追い込まれてるのに気づかねぇ程、馬鹿じゃねぇのさ。命のやり取りが日常の捜査官を舐《な》めんなって話だ」

「ああ、ご、ごめんなさい……」

「ごめんなさいじゃちょっと許せねぇなぁ。とりあえず全部話してもらおうか。命を狙った理由、この街の事、お前に人殺しをさせてる黒幕。全部な」

取り上げたナイフをトトの首筋に突きつけ、ガガカは凄《すご》む。一筋、トトの瞳から涙がこぼれた。

「ボクは妹の……妹の……望みを叶《かな》えなきゃいけないんだ……！」

「ほぉ、アタシを殺すことが望みの妹たぁ、随分恨みを買っちまったもんだな」

「でも……でもボクは……！」

「言ってみろよトト。お前がどうしたいのか言ってみろ」

ぐいと顔を寄せて真剣な面持ちで泣きそうなトトの金色の瞳をのぞき込むガガカ。

その後頭部に背後から重たいレンガのブロックが叩《たた》きつけられた。

「余計な事言ってんじゃないですわよ！」

音もなく倒れるガガカの背後から現れたのは、トトとうり二つの顔を持つ少女。差異があるとすればトトが銀髪なのに対しこちらは赤髪という事と、しわが寄った眉根のせいで目つきが悪く、極悪な表情にみえるという事くらいだろうか。

「ラ……ララ……」

「あーもう何一つうまくできないんですのねこの愚図！　ほら、さっさとこの獣人の足持って！　あそこに連れてくのはアンタにしかできないでしょ！」

ララと呼ばれた少女はガガカの足を持ち、トトを促す。血だまりに伏せる獣人を年端《としは》も行かない子供二人が引《ひ》き摺《ず》っているという異様な状況だというのに祭りに参加している人々は誰も立ち止まりはしない。なるべくそちらに視線を送らないようにすらして、祭りを継続させている。

やがてトトとララはガガカを重そうに抱えると、一瞬のうちに消えてしまった。後にはただ、祭りの喧騒《けんそう》が残るばかりだった。

5

「ネモくん楽しいですね！　ネモくん！　ネモくん！」

両手いっぱいに綿あめと金魚の入った袋とたこ焼きと焼きそばとチョコバナナを抱きしめ、イグニスが満面の笑みでネモに言う。

「そうかぁ？」

「祭囃子《まつりばやし》に、食べ物に、娯楽！　ネモくんは一体何が不服なんですか」

「騒音に割高でまずい食い物に処理に困る生き物。特に金魚なんかどうすんだよ旅暮らしだぞ俺達」

シラケた顔で手に持ったポップコーンを一粒放り投げると口でキャッチしてもぐもぐと食べた。

「下品な食べ方をしないでください。ムードが壊れます」

「下品とはなんだ。俺が極めに極めた一番の特技、〝ネモの口キャッチ〟を。実はいよいよ食うに困ったら大道芸人としてこの技で食っていこうと思ってんだ」

「二つの意味で食っていけそうですね」

「上手《うま》い事言ってんじゃねぇよ。それよりイグニス、食い物を持ち過ぎだ。少しは持ってやるからどれか渡せ」

「嫌です！　そう言って食べるつもりでしょう！」

「そんなに卑《いや》しい人間じゃねぇよ！」

「いーえ分かりません。ネモくんは卑しんぼですからね」

「下着一枚になってラーメンに執着するお前がどの口で」

「ネモくんだってパンツ一枚だったじゃないですか！」

イグニスが両手いっぱいの食い物を抱えた肘でネモを小突く。その振動でポロリと食い物の山の中からチョコバナナが零《こぼ》れ落《お》ちた。

「ああ！　私のチョコバナナが！」

「チッ！　間に合ええ！　発動！　〝ネモの口キャッチ〟！」

ネモは両足で地面を蹴り、チョコバナナの落下地点に向けて超低空のダイビングをする。そのわずかな滞空時間の中で体をひねり、上半身だけを仰向けに。落下するチョコバナナは一瞬のうちに地面との間に出現した大きく開かれたネモの口に半分ほど吸い込まれたところで止まった。

「あ、ありがとうネモくん……」

「ふごふごごご《お安い御用だ》」

そう言って自らの口からチョコバナナを抜こうとするネモを見てイグニスは少し戸惑った様子で声をかけた。

「あの……ネモくん……〝ネモの口キャッチ〟が凄《すご》い事は十分理解しましたけど、それだけずっぽりと口に刺さったものを私に返す気ですか……？」

「……」

「かといってネモくんに私のチョコバナナを上げてしまうのは癪《しゃく》ですねぇ……」

「ふごふごふごごごご！《じゃあどうしろってんだよ！》」

「し、仕方ありませんねぇ……」

顔を赤く、鼻息荒くしながらそう言うとイグニスは言葉とは裏腹に目を輝かせて崩れた笑顔でネモの口から出ているチョコバナナに刺さった持ち手用の串を引き抜いた。

「？」

困惑するネモをよそに、イグニスはネモをしゃがませ、顔の位置を合わせると、ネモの口に触れていない部分のチョコバナナを思いっきり頬張った。必然触れ合う唇と唇。

「！？？！？？！？？！？？！？！？！？！？！？！？！？！？！？？？！？？」

「うるさい！　これできっちり半分こでしょうが！　私も恥ずかしいんですからネモくんもさっさと飲み込んでください！」

更に耳まで真っ赤にしながらそう言うイグニスに促されてほとんど咀嚼《そしゃく》しないままにバナナ

を飲み下すネモ。

「イグニス……お前……」

「……初めて、ですよ。ネモくんがどうかは知りませんが」

気恥ずかしいのか、ぷいとうしろを向いてそう言うイグニス。ネモは言いようのない鼓動の高まりと顔が熱くなるのを感じた。もちろん自分も初めてだと伝えようと口を開こうとしたとき、先手を取ったイグニスが口を開いた。

「でも初キスがバナナの味だなんて、なんかエロいですね！」

「台無しだよバカ野郎」

「台無しとは何ですか！　いいですか？　私の様なまあ、その、エロい事に他人よりちょっとだけ興味がある女としては！　関連書籍を片っ端から読《よ》み漁《あさ》ってる女性としては！　初体験はなんか怖い……初ハグじゃ物足りない……系エロ清純女子としては！　初キスこそが人生の最重要エロ清純ポイントなんですよ！　その味と来たらもう！　一生モノのオカズ……ええ！　オカズですよ！　このバナナの味でご飯三杯いきますよ！　生まれ変わったって忘れたくない！　そんな大事な思い出なんですよこれは！」

「あーあーうるさい！　分かった分かった！　俺はとんでもない女を彼女にした事だけは分かった！」

二人はぎゃあぎゃあとわめきながらも、楽しそうに祭りをまわって行った。

6

「あ、悪いイグニス。ちょっと煙草《たばこ》吸いたいから手を離していい？」

先程のキス騒動の後、再び手を繋《つな》ぎ直した二人は未《いま》だ祭りの喧騒《けんそう》の中を歩いていた。

「またですか？　ほんと風情《ふぜい》がない男ですねぇ」

初キスの熱狂がひとまず落ち着き、今は色気より食い気といった様子のイグニスはイカ焼きをもぐもぐと咥《くわ》えながらため息を吐く。その手には先ほどとは別の食べ物がまたぎっしりとぶら下がっていた。

「お前の言う風情《ふぜい》はただの勢い任せの無計画だ。そんなに買いあさりやがって、ホントに食えるのか？」

「食べきれるに決まっているでしょう！　それに勢い任せの無計画で私と付き合ったネモくんがそれを言うんですか？」

上目遣いでにやりと笑いながらネモを見上げるイグニス。その蠱惑《こわく》的な視線に、繋《つな》いだままの手が汗ばむのをネモは感じた。

「そう言われると返す言葉もねぇんだが……」

視線を逸《そ》らしながら何とかそう返すネモをくすくすと笑いながら口に次々とたこ焼きを放り

込むイグニス。

「なあイグニス」

「なんふぇすか？」

「アンタは俺のどこに惚《ほ》れたんだ？」

ぶふぉおとイグニスは口に含んだばかりのたこ焼きとずっと奥歯でしがんで味を楽しんでいたイカ焼きの両方を一気に噴き出した。

「ケホッ……ケホッ……質問が唐突だし随分と野暮じゃないですか⁉」

「お、随分慌ててるじゃねぇか」

「ふざけないでください」

「でもよお、疑問なのは本当だぞ？　あの唐突な告白でＯＫ出すって事は少しは俺に惚《ほ》れてたって事だろ？」

「全く、君という人は……」

イグニスは平らげたたこ焼きのゴミを適当に投げ捨て、今度は焼きそばを食らい始める。そのソースたっぷりの麺をすする合間に、イグニスはどこか陰のある声でぽつりぽつりと話し始めた。

「……ガガカをバラバラにしてた時、私は本音を言うと楽しかったんです」

「え？　あのスプラッターを？」

「そうですよ。久方ぶりに戻った力を存分に敵対するものに使って蹂躙《じゅうりん》して、気持ちがよかったんです。でもたぶん、どこかで同じくらい不快にも感じていたんだと思うんです。はずなんです」

「不快？」

「そうです。私はロゼリアのもとで変わりました。数千年をかけて変わりました。好ましい自分に、成長したんです。でもたった数ヶ月で、たった一つ力を取り戻しただけでまた昔の自分に戻ってしまうのかっていう不快感です。自分に対する失望とでも言いましょうか」

どこか諦めたような言葉を吐きながらイグニスはソースが飛ぶのも構わずに焼きそばをすすり上げる。その頭の動きに合わせて美しい金髪がふわりと揺れた後に、くたりと垂れた。

「思うに、私の聖女の力はきっとそういう類のものなんだと思いますよ。持つものを酔わせ、狂わせ、破滅させる」

ネモの脳裏にレイエス市長ガルニダの常軌を逸した態度が浮かんだ。

「ガガカの機構が私を目の敵にするはずです。ばらまかれた残りの〝聖女の契約書〟もきっと、ろくな使われ方をしていない事は明白ですから。あーあほんと、クソみたいな力ですよ」

イグニスはやけになって再び焼きそばを思いっきり吸い込み、ソースでむせた。

「ゲホゲホ、結局、私がロゼリアのもとで成長できたのはただ力を失っていたからなのです。ゲホッ。滑稽な話です全く」

ここでイグニスは何か考えるように少しの間を置いて、ネモを見た。

「でもネモくんはそんな私を見て、言いましたよね？　『俺にとっちゃこの三ヶ月のイグニスがイグニスだ』って。それで分かったんです。ネモくんにとっての私は、力に狂った聖女じゃないんだって。そんな相手の言った事だから、その場しのぎの間に合わせの告白でも、試しに付き合ってみようと思ったんですよ」

祭りの喧騒《けんそう》の中でイグニスの声だけがネモの耳にやけにはっきりと届いた。

「とどのつまり、今の私を私たらしめる部分、ネモくんと出会ってからのイグニス・ファルフレーンを見てくれた、肯定してくれた、好きと言ってくれた。月並みな、陳腐な、手垢《てあか》のついたこっぱずかしい表現ですが、私の内面を見てくれたからネモくんに惚《ほ》れたという訳です。笑いたければ笑ってください」

「笑わねーよ。お前にとっては大事な事なんだろ？」

「ええ、とても」

そう言ってイグニスは少し笑った。その笑顔が何とも愛おしくネモは感じた。

「私にこんな野暮なことを語らせて、逆にネモくんは私のどんなところに惚《ほ》れたというんですか？　いくらその場をうやむやにするために放った言葉とは言え、憎からず思っているところはあるからの言葉だったんでしょう？」

「そうだなー、えーっと顔だろ？　あとそのエロい胸に尻に……」

「照れないでくださいよ。私だって恥ずかしい本音を晒《さら》したんですから。ネモくんも本音でお願いします」

「え、本音だけど」

「え、本音なんですか」

「全く、聞いてらんねー。見てらんねー。マヂふざけんなし☆」

突如怒気を孕《はら》んだ声がネモの耳に届いた。喧騒《けんそう》の中を真っすぐ二人を目指して飛んできた稲妻のようなその声は明確にネモに対する敵意を感じさせるざらざら声だった。

「ッ⁉」

その声の聞こえた方向に慌てて顔を向けるネモ。そこには一人の少女が居た。祭りの雑踏の中、エアポケットでもできたような誰もいない隙間。そこに丈の長いローブをゆるりと着こなし、中から漆黒のワンピースをちらりと覗《のぞ》かせ、肌まで黒く焼き、派手な金髪ツインテールの中から作り物ではない兎耳《うさぎみみ》をビョンと生やした黒ギャル兎《うさぎ》獣人が。

「トト、ララ、やっちゃって☆」

「ッ……ネモくん！」

その黒ギャルの言葉と同時に、イグニスの腕からネモの感触は煙のように消《き》え失《う》せ、今までネモが居た場所には何もない、虚空《こくう》が広がるばかりであった。

「やぁああっと、二人っきりで話ができるね♡　イグニス・ファルフレーン♡」

虚空《こくう》を摑《つか》んだ手を数度握ったり閉じたりしている間に、背後に回っていたであろう黒ギャルがイグニスの肩に手をかけ、耳元でささやく。

「はて、誰でしょう。私にはこんな黒ギャルの知り合いはいないのですが」

ネモの突然の消失に動揺しながらも、イグニスは平静を装《よそお》って言葉を返す。しかし突然の乱入者はイグニスのそんな態度など気にも留めず喋《しゃべ》り続けた。

「キャハッ♡！　随分と情けないすっとぼけ方するじゃんか、〝聖女様〟♡　あーしはイニエール・エルネスタ。アンタに救われた、アンタの信者。忘れるわけないよね♡」

イグニスを糾弾する言葉のとげとげしさとは裏腹に、イニエールは嬉《うれ》しくてたまらないといった様子で口を動かす。対するイグニスはため息とともに彼女の言葉を認めた。

「久しい、なんて言葉では到底表しきれないほどに久しいですね、イニエール。昔はそんな肌の色はしていなかったと思うのですが」

「うーん、それは心境の変化って奴《やつ》？　お肌は黒ければ黒い方がかわちいって気づいたから♡」

「美白派としてその意見には断固異を唱えたいのですが、まあどうでもいいです。そんな事より……」

イグニスの目に一瞬で殺気が宿る。それはまるで少し前にガガカをバラバラにしたときの様な凶悪な目つきで、続けて一段トーンの落ちた声でイニエールに言葉を突き刺す。

「ネモくんを、何処《どこ》へやった」

「キャ♡　こわーい」

臓腑《ぞうふ》が震えあがる程の殺気を纏《まと》ったイグニスの質問を半笑いでいなすイニェール。口角を吊《つ》り上げたまま、その口が動く。

「まるで、三千四百六十二年前、世界に平和を押し付けていた頃のイグニスみたいじゃん。こんなのもう……」

イニェールはぞろりと血の様に赤い舌をたらし、口元に垂れていた涎《よだれ》を一息になめ尽くし、ついでとばかりにイグニスの頬を一度、大きく舐《な》めた。まるでナメクジの這《は》ったような跡が一筋、イグニスの真っ白な肌に残る。

「あーし、濡《ぬ》れちゃう♡」

＊

——三千四百六十二年前。

砂漠の街に一人の少女が居た。生まれつき立つことはおろか歩く事さえできない少女だった。

少女は砂漠の街で最底辺の底を舐《な》めていた。大人は街角で首輪に繋《つな》がれた少女を使う事で欲望を満たし、子供は少女に石を投げつける遊びで欲望を満たした。少女は文字を知らず、言葉を知らず、自分の意思を伝えるものを何一つ持たなかった。

「これは随分と、酷《ひど》いものですね」

ある日、目にも鮮やかな金髪のシスター服の美しい女が街の男に連れられて少女を見た。

「あんまし見んといてください聖女様。娯楽の少ない街なもんで、こういった公共施設でもないと回らんのですわ。まあ街の恥部ですわな」

そう説明する男を無視して聖女様は少女の瞳をじぃっとのぞき込んだ。少女もまたのぞき返した。時間にして数十秒。たったそれだけの邂逅《かいこう》で聖女は少女の前から立ち去った。

その日から少女の日課に街の底舐《な》めの他に一つ項目が加わった。

自分にのしかかる醜い男や、石を投げつけて来る子供が発する音を覚え、意味を推測し、同じ音を発せる様にする。慣れてくると次第に、街角で鎖に繋《つな》がれたまま、聞こえてくるいくつもの言葉でも同じことをした。全力で言葉を習得しようと試みた。

少女には不思議な確信があった。あの美女は再び私の前に現れ、そして私の気持ちに応えてくれると。それは聖女イグニスの持つ不思議な魔力がそう思わせたのかもしれないし、過酷な現実にいる少女の現実逃避の儚《はかな》い願いだったのかもしれなかった。その時に、あの美女に自分の気持ちをしっかりと伝えたい。その一念からの行動だった。

そしてその時は案外早く、唐突に訪れた。

「やあ、三ヶ月ぶり」

「い、イグニス・ファルフレーン！ い、いや聖女様⁉」

少女の上にまたがっていた男が素っ頓狂な声を出す。少女はこの時、初めてこの美女が聖女と呼ばれている事とその名前を知った。

「う……あ……」

少女は気持ちを伝えるために声を出したがそれは明瞭な言葉にはならなかった。気を取り直してもう一度挑戦しようと考えた時に少女は、せっかく知った名前なんだからきっちり名前を呼んで気持ちを伝えようと思いいたり、再度、声帯を開いた。

「いぐにす……ふぁる……ふれーん」

「なんだい？」

「ころ……して……」

しっかりと伝えることができた。少女は安堵《あんど》の気持ちに包まれて目を閉じた。後は聖女様が伝えた気持ちに応えてくれるのを待つだけ。痛くなければいいなと思ったが、それればかりはやってみないと分からないだろうともわかっていた。

「目を開けてごらん？」

いつまでたっても訪れない死にやきもきしている少女にその声は届いた。鈴を転がすような、綺麗《きれい》な声だった。言われた通りに目を開けると目の前には先ほどまで少女の上にいた男がその首を切り落とされて血だまりに間抜けな格好で倒れていた。

「言葉を覚えたんですね」

指先で触れるだけで少女を繋《つな》ぎ止《と》めていた重い首輪と鎖をドロドロに溶かして聖女イグニスは優しく言った。

「地道に言葉を覚える勤勉さ、そして辛《つら》い現状を変えるために、他人ではなく自分の死を望む誠実さ、貴方《あなた》は本当に善き人間なんですね」

少女はただただ狼狽《うろた》える事しかできなかった。そんな少女を抱き上げ、聖女イグニスは諭すように口を開く。

「しかしこれから貴方《あなた》が生きていく世界は辛《つら》く厳しいものです。兎《うさぎ》と亀のおとぎ話の様にはいきません。善き人間とは別に、誠実さが取り柄の木偶《でく》みたいな亀を足蹴に進み続ける、眠らない兎《うさぎ》を作り上げなさい。今の貴方《あなた》に必要なのは、きっとそういうものです」

それだけ言うと聖女イグニスは少女の前を去っていった。そしてその日のうちに砂漠の街の住民の半分を無差別に殺し、生き残った半数に恒久的な平和を、二度とこの街に生きる少女が殺してくれなどと間違っても口にしないような平和を誓わせてどこかへ消えてしまった。

＊

「あの時はほんとに興奮したなぁ……♡　世界に平和を押し付ける為《ため》なら、人の命なんて何とも思ってないのに、あーしみたいな存在にすら目を配る……。サイッコーの聖女だったよ☆イグニス♡」

頬を上気させ、出会った頃の思い出を語り切ったイニェールが興奮した様子でイグニスを見る。

「大昔の、若気の至りの、消し去りたい過去ですよ。そんなものより、ネモくんを……」

「はいはいネモくんネモくんね。愛《いと》しのネモくんは今あーしの仲間が連れ去った。生かすも殺すもあーしの胸三寸。だからあんましあーしを救ってくれたイグニスをそんなふうに言うのやめてくれない？」

「分かりました。なるべく貴方《あなた》の機嫌を損ねないようにしましょう。しかし、私の考えは変わりません。過去の私は消し去りたいほどの汚点で、今の私が最高です。私の信者というからには私の変化くらい全肯定してみせたらどうです？　信心が足りてないですよ、イニェール」

笑顔を崩さないまま、ぎりりとイニェールが歯ぎしりをした。

「ほんと、解釈違いだわ。あんなチンピラと愛を囁《ささや》き合って、訳の分からない獣人となれ合って、あまつさえ過去を否定するイグニスなんて」

「おや、八つ当たりですか？　自分の思うように他人が存在してくれないからと駄々をこねるとは、イニェールは随分と幼稚な人間に育ってしまったようですね。四千年もかけて、嘆かわしい」

「ほんとに口の減らない……この街だってイグニスの為《ため》に作ったってのにさー☆」

「私の為《ため》？」

「そーだよ？　イグニスの言葉に忠実に従って作った、イグニスに見せる為《ため》の街なんだ。助けてもらってから一度も再会することは無かったけど、また会えると信じてこんだけの物を作ったんだよ？　この愛の重《おも》さどーよ☆！　どーよ♡！　ま、出会ってみたらこんな解釈違いの別人にまで変わってるとは思わなかったけどね」

「答えてください。このトンチキバニーフェスティバルタウンのどこが私の言葉に忠実なんです？」

「イグニス言ってたじゃん。誠実さが取り柄の木偶《でく》みたいな亀を足蹴に進み続ける、眠らない兎《うさぎ》を作り上げなさいって」

「いや、それはビジネス書からの……」

「え？」

「い、いや、確かに言っていましたが、それがこの街とどうつながるんですか？」

「いや、見ての通りじゃん。まずこの街の地盤は甲羅の街を維持するために物資を食べる事を強制されたでっかい亀でしょ？　ほら！　誠実さが取り柄の木偶《でく》みたいな亀を足蹴にしてるじゃん！」

「……」

イグニスの脳裏で、この街で見た物と自分がビジネス書からそのまま持ってきた言葉ががっちりと繋《つな》がり、乾いた笑いが漏れた。

「次に〝進み続ける眠らない兎《うさぎ》〟、これは解釈に困ったよねー☆　でもあーし思いついたの。困難は分割せよ、という事で亀の甲羅に街を作った。そうすればずっと辺りは暗くて夜が終わらない街になるでしょ？　そこで住民を眠らせなければ〝眠らない〟の部分がクリアできると思ったんだけど……寝るね！　人ってやることが無いとほんと寝ちゃうね！　だから夜通し起きている目的として永遠に祭りを開催することにしたの！　これで〝眠らない〟はクリア！」

イグニスは頭を抱えた。

「次は〝進み続ける〟、これは簡単だったなー。住民から何人か選んで常にそこそこのスピードで街中を移動し続けてもらう事にしたの。もちろんそいつらが眠っちゃわないように移動しながら祭りをやらせてね♡　これで〝進み続ける〟部分もクリア♡　最後に女にはバニースーツ、男には兎《うさぎ》の着ぐるみを着せて〝兎《うさぎ》〟部分をクリア♡！　どーよ完璧じゃない♡⁉」

「……それで出来上がったのが……？」

「〝誠実さが取り柄の木偶《でく》みたいな亀を足蹴に進み続ける、眠らない兎《うさぎ》〟♡　ほらほら、イグニスゥ。言った事を忠実に再現した敬虔《けいけん》な信者にねぎらいの言葉は無いのー♡？」

得意満面、まるで小さな子供が母親に褒めてもらいたい時に浮かべるようなドヤ顔を浮かべ、イグニスの言葉を待つイニェール。そんな彼女にイグニスが発したのは。

「……めっっっっっっちゃ馬鹿じゃないですか！」

心底呆《あき》れた一言だった。

「はい☆⁉」

「亀も兎《うさぎ》も全部喩えですよ！　勤勉なだけでなく、狡猾《こうかつ》さを兼ね備えた狡《ずる》い人間の部分も自分の中に持ちなさいという説教ですよあれは！　字面《じづら》通りに受け止めた挙句……こんな街まで作って……めっちゃアホじゃないですか！　イニェール⁉」

「え、え、い、イグニスが言ってたのってこういう事じゃないの？」

「んなわけないでしょうが！　貴方《あなた》は本当に私がこんなアホアホタウン建造計画を喋《しゃべ》っていたと思ったんですか⁉」

「思ってた……☆」

「ああもう！　私の信者はとんでもない馬鹿だったんですね！」

「ううう……」

人目もはばからず、かなり落ち込んだ様子で地面に倒れ込むイニェール。どうやら本気でイグニスの言葉を忠実に守ってきたと思っていたらしい。よく見ればその瞳には涙があふれていた。その姿に少しばかりの憐憫《れんびん》を抱いたイグニスは、イニェールの頭にぽんと右手を乗せると、優しげな声音で口を開いた。

「それでも、私が嫌う過去の私の言葉とは言え、何千年も大事に心にしまって、その実現に心を砕いてくれたことは嬉《うれ》しく思いますよイニェール」

「イグニス……」

「ありがとうございます、イニェール。〝聖女イグニス〟ではなく、ただのイグニス・ファルフレーンとして貴方《あなた》にお礼が言いたいです」

その言葉を受け、イニェールは無言でイグニスに抱き着いた。それを優しくなでながらイグニスは更に言葉を紡《つむ》ぐ。

「大体、一回間違えたからなんだと言うのです。今度はまた一からやり直せば……」

「やっぱほーんと、解釈違いだわ」

抱き着いたイニェールの腕がそのままイグニスの首に絡《から》み同時にイグニスを半回転させ、背後からイグニスの首を絞める形になる。

「イグニスは慰めたりしない、イグニスの優しさはもっと冷淡で鋭利な優しさだった。あの砂漠の街の人間を半分殺した時みたいに」

「グッ……だから私は変わったと……」

「あは☆」

イニェールは軽薄に笑った。その声に、イグニスは嫌悪《けんお》の気持ちで感情が逆立つ。

「だったらもう一回変わってよ。間違えちゃったこんな街もういらないから、この街の住人ぶっ殺してよ。あの時みたいにさ。今度は全員。そうすれば前のイグニスに戻るかもでしょ？」

「何を馬鹿な……！」

「それでだめならまた別の方法でイグニスを昔に戻す♡　正直、手っ取り早く戻す方法だってあーしもう考え付いてるんだよねぇ☆　でもそんなんじゃなくて自分の意思で戻って欲しいって気持ちもあるからサ☆」

またもや、軽薄に笑うイニエール。イグニスは今度、その笑顔に恐ろしさを感じていた。

「頑張ってねイグニス。拒否権なんて無いから☆」

「グッ……嫌です。私はネモくんの為《ため》に……」

「ああ、あのムカつくガキならもう殺すように言っといたから。ついでにガガカとかいう目障《めざわ》りな奴《やつ》も♡」

「なっ⁉」

「今頃もう死体かもね☆　だからイグニスは、あんな奴等《やつら》に気を使わずに、昔に戻っていいんだよ？」

イニエールは三度《みたび》、軽薄に笑った。しかしイグニスはその笑顔を見ることなく、気を失っていた。

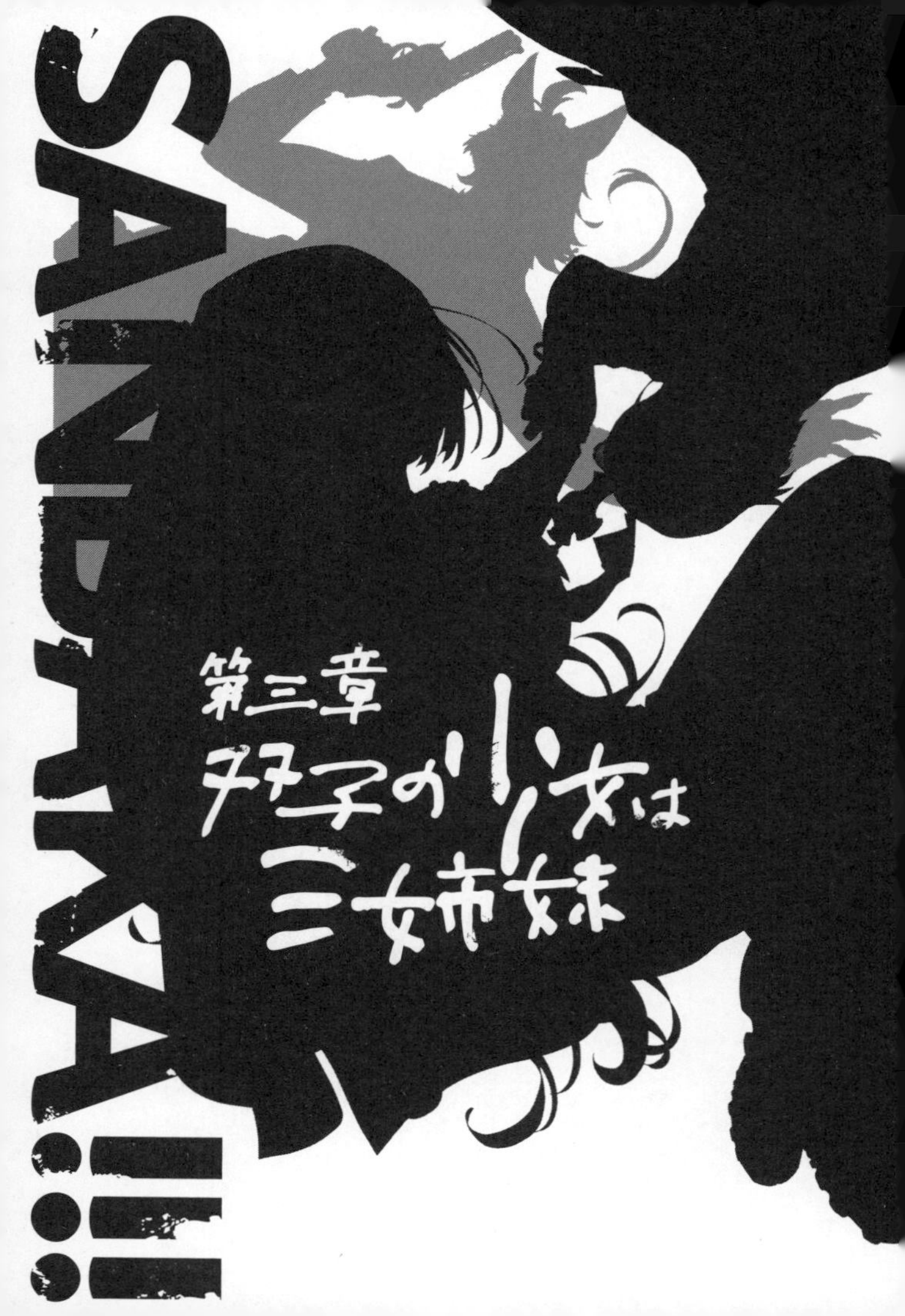

第三章
双子の少女は三姉妹

1

「あー、これは一体どうなってんだ？」

「知らねぇよ、アタシが知りたいくらいだ」

「あうう……ごめんなさいごめんなさい……」

イグニスとのデートの最中に攫《さら》われたネモは気が付くとまばらに並んだ街灯が弱々しく辺りを照らす寂れた街道の真ん中に手錠をかけられ転がされていた。ひんやりとしたレンガの感触が頬に伝わる。先程まで視界を埋めていた屋台やバニーガールの喧騒《けんそう》が遠くから微《かす》かに聞こえるところを見ると、かなり遠くまで移動させられたようだ。

横をみると同じような状況で転がされているガガカが目に入った。そして、ついでの様になぜか自由の身で泣きじゃくっているトトも。

「状況がカオス過ぎてついていけないんだが、ガガカがトトを泣かしたのか？　何やってんだこのデカケツ……」

「ちげーよ！　トトと二人で楽しく祭りを回ってたらいきなり殺されそうになったから反撃したら妹の望みをとかなんとか言われた挙句、誰かに頭どつかれて目が覚めたらこの状況だったんだよ！」

「待て待て待て、ただでさえ意味が解《わか》んねぇんだからこれ以上訳解《わか》んねぇ情報ぶち込んでくんな！」

「事実だからしゃーねーだろ！　てかお前イグニスはどうしたんだよ！　お前が傍《そば》で目を光らしとくんじゃなかったのか！」

「俺だって知らねーよ！　おてて繋《つな》いでデートしてたら次の瞬間にはここだ！」

「ううう……ごめんなさい……」

「おいトトォ！　泣きじゃくってないで何がどーなってんのか説明しろ！」

「ごめんなさい……グスッ……」

「畜生ー！　誰か説明できる奴《やつ》はいねーのか！」

ガガカの絶叫が周囲に木霊《こだま》した。それに反応してなのかはわからないがぽつりぽつりと立つ街灯の陰から小さな影が一つ、姿を現した。

「ふふふ、ここに一人、いますわよ？」

陰を離れ、一歩、また一歩と街灯の明かりの下に進んで、その姿をゆっくりとあらわにしたのは少女。トトとうり二つの顔を持ち、やたらとフリルがたくさんついたゴシック調の真っ黒なドレスに身を包んだ、ガガカを拉致する時にララと呼ばれていた赤髪の少女であった。

「わたくしの名前はララ。トトの双子の姉妹で、下の名前は……まあいいでしょ。トトと一緒に貴方《あなた》達を今この場に繋《つな》いでる張本人でしてよ？」

鼻にかかるような高飛車な声でララは自己紹介を終えるとその場でくるりとターンを決め、まるでプリマドンナの様にお辞儀をした。

「なんじゃあれ」

一連の芝居がかった動作を見てげんなりといった調子でネモが呟《つぶや》く。

「うう……ごめんなさい……ララはその……変な厨二病《ちゅうにびょう》のかかり方をしてて……」

「おいトト、妹の望みを叶《かな》えるってのがあの厨二病《ちゅうにびょう》に関わることなら無理だぞ。あれはもう他人が踏み入っていい領域じゃやねぇ」

「そんなぁ……」

ガガカに厳しい目で見つめられた後そう言われ、肩を落とすトト。あまりの言われ様にララは肩を震わせて怒鳴った。

「うるっさいですわねごちゃごちゃと！　貴方《あなた》達はとうとう姿を見せたわたくしに息を呑《の》んで、更にその美しさにもう一度はっと息を呑《の》めばいいのよ！」

「とうとうもなにも初対面だし存在すら知らなかったんだが」

「直接貴方《あなた》方に接触するのがトトの役目だっただけで貴方《あなた》達が知らないだけでちょくちょく存在はしていたんですのよ！」

「知るかそんなの」

「ムキー！　いい度胸ですわね、このわたくし、邪悪なる龍の眷属《けんぞく》にして龍を殺すドラゴンスレイヤーの宿命を背負った悲しき運命の巫女《みこ》！　ララ様に向かって！」

ガガカとネモはトトに厳しい目を向けた。しかし、その目はどこか優しかった。

「おい、あいつの厨二病《ちゅうにびょう》は手遅れだ」

「そんなぁ……」

トトの嘆きは大人二人の生暖かい目線に晒《さら》された後、ララがキンキン声でがなり立てる妄想100％の一大スペクタクル厨二《ちゅうに》妄想にかき消され、溶けて消えた。

「そもそもわたくしはトトと姉妹という扱いになっていますがその魂は実は第三時空深海の深き所から生まれた……」

そこからのララの口はまるで立て板に水といった具合に次々と言葉を吐き出し続けた。その内容はまさに荒唐無稽。ドラゴンの力を得たかと思うと次の瞬間には古流武術の使い手との壮絶な死闘が始まり、かと思えば唐突に出て来たイケメン三千一人と平等に恋をし、最後には宇宙の創生をその手で行っていた。そんなご陽気な話を三十分、一つの淀《よど》みもなく語り終えたララはやり切った笑顔でネモ達の方を見た。

「……ふぅ、これでわたくしの事がお分かりになって？　特別に質問を許しますわよ？」

「やっと終わったのかよ畜生、満足そうな顔しやがって」

心底退屈そうに、途中から話を聞いていなかったガガカは不満げな声をこぼした。

「それで？　龍の眷属《けんぞく》ながらドラゴンスレイヤーの哀《かな》しき宿命を背負った、バレエとジークンドーの融合によって編み出した武技・舞台武踊《バーレスク》の使い手であり、龍の意思を球体関節人形に乗り移らせて戦わせ、最強の龍を決めるドレス・ドール・ドラゴン、通称D．D．D．で優勝し、それを運営していた世界中の結婚を裏から操るイケメン三千一人が所属する組織、三千一人《ミセイネン》を恋の力で壊滅させ、その魂をビスクドールに囚《とら》われてしまった運命の哀《かな》しき少女、ララはどうして俺達を攫《さら》ったんだ？」

「ネモお前！　全部ちゃんと聞いてたのか⁉」

「正直、俺がティーンの頃にしてた妄想と被《かぶ》る所があって他人事《ひとごと》とは思えなくてな……」

「マジかよ……アタシ最初の龍をトゥシューズで殺すところでギブアップしたぞ……」

「ええ⁉　あそこ一番面白い所じゃん！」

「うう……わたくしの話をちゃんと最後まで聞いてくれた人……初めて……」

「おいララ！　テメエアタシらを拉致った上に黒幕っぽく登場したくせにそんなしょーもない事で泣いてんじゃねぇ！」

「ううう……よかったね、よかったねララちゃん……」

「トト！　お前はもうずっと泣いてばっかだな！」

「正直才能を感じたよ。ララ、この物語は世界を獲《と》れる。書店に並ぶ日が目に見えるようだ、どうだ、俺のプロデュースで大作を書いてみないか？」

「ネモ！　雰囲気に乗っかって幼気《いたいけ》なガキに適当な事を言うな！　可哀想《かわいそう》だろうが！」

怒濤《どとう》のツッコミを入れ、肩で息を切らしながらガガカが叫んだ。

「というか誰か今の状況の説明をしてくれ！」

ガガカの悲痛な叫びにおずおずと手を上げたトトが鼻を鳴らしながら、ネモとガガカの知らない顚末《てんまつ》、イグニスとイニェールの四千年前からの因縁を説明し始めた。ガガカはしっかりとその話を聞く。話の後ろでララに印税とＩＰビジネスの夢を熱っぽく説明するネモを時折蹴飛ばしながら。

「こ、こういう訳でイグニスはボク達のイニェールと四千年にわたる因縁があって、やっと出会えたと思ったら恋人とか仲間がいたから怒っちゃって邪魔者のガガカとネモを遠ざけたって話。ボクの能力を使って……」

「まあ大体はそうですわね。それでネモさん……印税率が０・１％というのはどうにかならないんですの？」

「そこはどうにもならないんだよな、業界の慣習でね……」

「ありがとう……ありがとうトト……このカオスな空間でよくぞ……よくぞ……。そんでネモォ！　とんでもない搾取《さくしゅ》をしようとしてんじゃねぇ！」

未《いま》だ両手を縛られ、薄暗い街道の冷たいレンガの上に寝かされているというのにガガカはトトに涙を流して感謝し、ネモを蹴り飛ばした。

「痛ぇ！　分かったよ……それで？　とりあえず話は理解したけどガガカよぉ、四千年の因縁とか能力とかはちゃんとした説明にカウントしていいのか？」

「うるせぇネモ。そういうのはこの仕事につきものだからいいんだよ」

「さいで。でもこれから殺し合おうって相手に涙流して感謝するのはどうかと思うぜ」

「それとこれとは別だからいいんだよ」

「こ、殺し合いって……」

〝殺し合う〟、その単語にトトはびくりと震えた。

「おや、違うのか？　お前一回ガガカにナイフ向けてんだろ？　それに俺達を縛ってるし、そういう事だろ？」

たたみかけるネモの言葉にトトは大きくかぶりを振る。

「確かに殺せって命令は受けてたよ。でも今は……そんな事もうしたくない。こんな物、そもそもボクには似合わないんだ」

そう言うとトトは懐《ふところ》から取り出した、先ほどガガカに向けたカランビットナイフを地面に放り投げ、足で軽く蹴り飛ばす。ナイフは街道のレンガの上を滑り、街灯に当たるとコンと間抜けな音を立てた。

「そんな事よりさ、ガガカとネモはさ、もうこの辺りで帰った方がいいんじゃないかな？」

「は？」

「だってさ！　イグニスは四千年前からイニェールと色々あって、今こんなことになってる訳じゃん！　それはイグニスの問題じゃん？　ネモは関係ないじゃん！　ガガカは亀の調査でしょ？　もっと関係ないじゃん！　もう見捨てて帰った方がいいって！」

「あり得ねぇな」

ネモは即答する。その様子にトトは歯嚙《はが》みした。

「ガガカは⁉」

「アタシは職務上、このアホ一般人のネモが関わるってんなら最後までついていくぜ。調査に行った先で、一般人置いて帰って死なせましたじゃクビだ」

意地悪そうに口角を吊《つ》り上げてガガカは言う。

「トト、今更ですわ」

ララがトトの肩に手を置いて、優しく、しかし冷たく言い放つ。その言葉には先ほどの厨《ちゅう》二《に》妄想を繰り広げた時とは全く別物の鋭利さがあった。

「ララは黙ってて！　ねえ、分かってる？　殺し合いって、殺し合いだよ？」

「分かってねぇのはこの場でお前だけだと思うぜ？」

ネモは一言で切って捨てる。

「バカなの⁉　そもそも殺し合いにすらならないって！　イニェールはイグニスを手に入れるためにネモ達が邪魔になったんだよ！　だからボクらにこれから二人は殺されるの！　今イグニスを諦めて帰れば……」

トトの言葉を遮ってネモが笑い声をあげる。

「ハハッ。それこそクソバカの戯言《たわごと》だぜトト。別に俺はイグニスを諦めるつもりも殺されるつもりもない。ガガカお前は？」

「アタシもだな。こんなガキに殺されてたら捜査官の名折れだ」

「何強がってんだよ！　二人とも、ボク達に手も足も出ずに捕まって縛られて転がってるじゃん……」

「それを言うならそれだけ力の差があって、能力とやらも使えて、それでもまだ俺達生きてるじゃやねぇか」

「ネモの言う通りだ。そんな相手に殺されるほどネモはともかくアタシは寝ぼけちゃいないな」

「そんなの揚げ足取りじゃん！」

必死で否定するトトにララが諭すように声をかける。

「違いますわよトト。殺すという言葉は殺さなければ意味を持ちませんわ。貴方《あなた》の様に殺す事から全力で逃げていては……笑われるだけですわ」

「厨二《ちゅうに》のララちゃんの方が現実見えてんなぁトトよぉ」

「無風情《ぶぜい》にそう言われても嬉《うれ》しくないですわね」

「ああ、褒めてねぇからな。ガキなんだから生き死にに関係ないとこに居なきゃダメだ。現実見えてる方がカスなんだよ。お前らにそんな命令するイニェールってのも合わせてな」

ガガカは余裕の笑みを見せながら言葉の端に怒りをにじませる。拘束されていながら牙をむく。辺りの空気の危険度が加速度的に膨張していく。

「トト。お前はアタシと命の取り合いをするんだ。泣くほど嫌なら逃げな」

そんな空気の中、ガガカはあくまで優しくトトに語りかけた。

「……ボクは人なんて殺したくない」

トトが静かに呟《つぶや》く。

「でも、イニェールの望みはそんなボクの気持ちよりよっぽど大事だ」

その言葉で、ぱちんと膨張した空気がはじけた。いつの間に解いたのか、ガガカとネモは既に拘束を抜け出し、まるで打ち合わせでもしたかのように同時にトトとララに飛び掛かった。

トトとララもまた殺気に目を輝かせて二人を迎え撃つ。殺し合いの始まりだった。

当然の様に二対二になるかと思われた戦況は現実にはそうはならなかった。徒党を組んで戦おうとしたトトとララに対し、ガガカは獣の脚力で一直線でトトに向かい、ネモはそれを阻止しようとするララを相手取った。

「グッ……トト！　邪魔ですわこの糞《くそ》チンピラ！」

不意を突かれた双子はなすすべもなく引き離される。ガガカはその強靱《きようじん》な顎でもってトトの右腕に嚙《か》みつき、そのまま一気に街道沿いに生えている雑木林へと連れ込み、ララの視界から妹の姿を消した。トトから離され、一人、街道の真ん中でネモと相対する羽目になったララは憎々しげにネモを睨《にら》む。

「ふぅ、これでとりあえず第一段階完了だな。ガガカが実戦慣れしててくれたおかげで助かった。てか暑いんだよこの着ぐるみ！」

ネモは兎《うさぎ》の着ぐるみを脱ぎ飛ばすと煙草《たばこ》に火をつける。一連の動きをララは動かず、注意深く観察していた。

「あらあら、可愛《かわい》い兎《うさぎ》さんの下には可愛《かわい》いサメさんではないですか。随分と乙女主義ですこと」

「うるせえ、ゴスロリ厨二《ちゅうに》女に言われたかねぇな」

「確かに、上品さに重きを置くわたくしと卑怯《ひきょう》な手を使ってわたくしとトトを分断した貴方《あなた》とでは比べ物になりませんわね」

ガガカ・ネモ組は即席チーム故、二対二でのチーム戦となれば実の姉妹で今までにも組んで行動しているであろうトト・ララ組に対しては明確に不利だった。そこでネモは起こるであろう殺し合いを予見し、二対二ではなく、一対一×二という、相手のチームワークという有利さを殺す為《ため》の策を練っていた。誰もが無視したララの厨二《ちゅうに》妄想をあえて最後まで聞き、内容に理解まで示すという異常な行動がそれだ。ガガカが散々吹聴していた捜査官としての実戦経験、それに賭け、〝ララの相手は俺がする〟と暗にガガカに伝えたのだ。そしてその賭けは見事成《じょう》就《じゅ》し、ガガカはネモの意図をくみ取り、『トト。お前はアタシと命の取り合いをするんだ』という言葉を発した。〝アタシ達〟ではなく〝アタシ〟とすることでネモに、一対一×二を作る事を理解し、トトの相手をすることを伝えたのだった。

「お友達と随分打ち合わせしていらした様じゃないですの。こんなに見事にわたくしとトトを分断するなんて。それに、いつの間にか拘束まで抜けていらして。嫌らしくコソコソと、卑《ひ》怯《きょう》ではございませんこと？」

「馬鹿野郎、激ヤバシティ、レイエスのチンピラを舐《な》めんなよ？　あの程度の拘束、五秒もあればピッキングでちょいだ。ガガカもこんな事には慣れっこの捜査官だ。手錠拘束を解く方法くらい当然準備してっだろ。連係だってそれなりに実戦慣れしてりゃ誰でもできる」

紫煙が一筋、ネモのあがった口角から漏れる。

「大人はこれくらいできて当然なんだよ。卑怯《ひきょう》と感じるのはお前がまだまだガキだからだよ。ララちゃん」

「くすくす、その子供相手に随分得意げに語るではないですか。そういうのなんて言うか知ってらして？　大人げないって言うんですのよ？」

余裕の表情を作るネモの頬に一筋の汗が流れ、地面に落ちた。それが合図かの様にお互い距離を詰める。

ララが近距離で繰り出してきた蹴りを片腕で摑《つか》み、そのままもう一方の足も払ってララを倒すとそのまま上にのしかかるマウントポジションに移行し、上体を上げる。ものの数十秒の攻防でララはネモに組み敷かれてしまった。

「ハッ！　殺すだのなんだの吹いてたけど結局ガキなんかこの程度じゃねぇか、どうだ、降参するなら命は……」

「くすくす、全く臆病ですわね、少しでも優位に立つとそれを誇示せずにはいられないなんて……」

にやにや笑いのララの顔面を思いっきりネモが殴る。一発、二発。ララの口の端が切れ血が滲《にじ》み、血管を切ったのか、骨が折れたのか鼻血が止まらなくなってようやくネモは手を止めた。

「マウントポジションを取られるって事を理解したか？　この体重差だ、抜けようったって無理だぞ」

「全く野蛮ですこと」

口の端に垂れる血を舌で舐《な》め拭いながら、ララは妖しく笑った。違和感がネモの頭を支配する。今まで見てきたどのチンピラでもマウントポジションを取られれば少しは焦《あせ》りの色が出るものだが、ララの顔には余裕と、愉悦が湧き出ていた。

しかし、ララの両手はこれ以上殴られまいという意思表示か、ネモの両手を摑《つか》み軽々にその拳をふるわせないようにしている。

「先ほどは随分とチンピラ自慢をしていましたけれど、チンピラは所詮、チンピラですわね。

奇跡を体現するようなわたくしと相対したときに脆《もろ》すぎますわ」

挑発するララ。しかしネモはララの両手による拘束を簡単に振り切って右こぶしを振り上げた。所詮少女の腕力では成人男性の暴力を止める手段にはなりえない。

（しかし……やけに簡単に外れたような……）

そんな思いを頭の片隅に持ちながら、薄ら笑いを浮かべるララの顔面にもう一度拳を振り下ろすネモ。

「あら、そんな拳も握れないようなひれで一体何をしようというんですの？」

ララの顔面をじっとりと濡《ぬ》れた、まるでサメのひれのような平べったい何かが撫《な》でた。否、それはまごうかたないサメのひれだった。そしてそれはネモの右手首から継ぎ目なしに、元からそこにあったかのように生えていた。

「……!?」

「あらあら、左手も。クスッ、陸上では随分と生きづらそうですわね？　ネモさん？」

慌てて左手を見るネモだったが時すでに遅し、視線の先にはサメのひれが遊んでいた。

「チィッ！」

飛びすさってララから離れるネモ。必然的にマウントポジションは解除され、勝負は振り出しに戻る。いや、振り出しよりもさらに悪い。なんせネモの両手はサメのひれに変えられてしまっているのだから。

「ちくしょー、てめぇもなんかしらの能力ってやつを持ってたってわけか」

「奇跡、と呼んでほしいですわね。わたくしとトトはイニェールの望みによって〝聖女の契約書〟からこの世に顕現した存在。それこそあの獣女が対処すべき、人の理を外れた存在ですのよ？」

「畜生め、そんな存在そのものが厨二《ちゅうに》の奴《やつ》がなんでまた厨二病《ちゅうにびょう》なんかにかかってんだよ」

「厨二病《ちゅうにびょう》とは心外ですわね、わたくし、すこーし話を盛る癖があるだけですわ」

「少し話を盛るだけで厨二《ちゅうに》の誇大妄想レベルの話になっちまうってわけか、スケールのデカい話だぜ」

ネモは軽口をたたきながら自分の右手と左手の様子を確認する。右ひれと左ひれはかつての両手の様に意思の通りに動く。動くが、指が生えておらず、細かい動きができないというのであればそれは手首より先に柔らかい板がそれぞれ張り付いているのとそう変わりはなかった。

「ったくどうしてくれんだよこの手」

「ご自分が悪いんでしょう？　奇跡の存在相手に軽々に距離を詰めるだなんて、好きにしてくれと言われているようなものですわ」

（てことは距離を詰めなきゃ発動しない能力ってことか……そしてあの時の違和感……）

「くすくす、貴方《あなた》の考えなんか手に取るようにわかりますわよ。今、必死にわたくしの能力について考えているのでしょう。誰だって同じです。しかし、貴方《あなた》ごときのお馬鹿さんがわたくしの複雑怪奇な能力の正体を……」

「お前は掌《てのひら》で触ったものを別のものに改造することができるんだな」

「は？　なんで……」

慌てて両手で口をふさぐララ。

「なるほどな、その反応を見るに図星で、自分には効果がない……もしくは〝改造〟を任意でコントロールできるかだ」

「な、なにを荒唐無稽な……」

「馬鹿がよ。おまえが馬鹿にしたチンピラは、生活全部が常に生きるか死ぬかだ。洞察力がものをいうのさ。お前はあまりにも俺にいろんなものを見せすぎなんだよ」

得意げに言ってサメ柄のシャツの胸ポケットから煙草《たばこ》を取り出そうとするネモだったが、手がサメのひれになっているのでポロリと溢《こぼ》してしまう。

「当て推量が当たったからと言って随分と熱を吹いても所詮はその程度、煙草《たばこ》一つも吸えやしない。間抜けな姿ですわね」

「うるせーな、ちゃんと確信があって言ってんだよ。そもそもなぜサメなのかだ。大方この俺のシャツを見て思いついたんだろう。お前の言う通りに地上じゃ役に立たない間抜けな姿だからな」

ネモは落とした煙草《たばこ》を諦めてぐしゃりと踏み潰した後、歩きだした。

「『距離を詰めるなんて好きにしてほしいと言っているような物』、さっきのお前の言葉だ。つまり近づいたから俺の手はサメになった。まあそもそも遠距離で攻撃できるなら着ぐるみ脱いで煙草《たばこ》吸ってるときにいくらでもしてきてただろうしな」

「チッ」

ララは歯嚙《はが》みし、自分の失言を悔いているようだった。

「じゃあ近づいた時に何が起こったか、マウントポジションで殴られてる時にお前は俺の手を摑《つか》んだ、てっきり防御の行動かと思ったが、あれがお前の攻撃だったわけだ」

ネモは歩みを止めない。しかしそれはどこかへ向かうと言うより、タダふらふらしているだけといった様相だった。

「たったそれくらいのことがわかったから何だと言うのですの？　よくわかりましたと褒めてあげればよろしいのでしょうか？」

「他にも色々分かった事があるぜ。例えば、お前の能力じゃ、生き物は生き物にしか改造できない制約があるんじゃないかとかな」

ネモの徘徊《はいかい》はどんどん大胆なものになっていっていた。喋《しゃべ》りながら時折しゃがみこんだり、ララに背中を向けたり、おおよそ戦いの最中とは思えない、真意のつかめないその行動に、ララはにわかに警戒度を上げ、追いかける視線の鋭さを増した。

「そもそも両手を潰すならそれこそ水でも気体でも、変化させるにはもっと適した物がある。

それをしないって事は出来ないって事で、その理由は能力の制約だろうって話さ。その制約が生き物は生き物にしかってのはまあ勢い任せのハッタリみてぇなもんだが、お前の顔色見てりゃ当たらずとも遠からずって感じかな？」

「正直驚きですわね。一回の攻防でそこまで理解した相手は初めてですわ」

「誉《ほ》められついでにもう一つだ。街に来る前、この亀のクソ穴を歩いてる時に俺はその内壁の一枚裏側にあったぴくぴく動く左腕を見た訳よ」

ネモは歩きながらだが、ララに目を合わせる。

「このドン亀を作ったのはお前だろ。しかも人間を材料に」

「……まだ消化しきれていないのですね。もう作ってからずいぶん経《た》ちますのに」

その言葉を聞いてネモはにやりと笑った。

「このデカさの亀を作るにゃ相当数の人間が必要だったんじゃないか？　それとも一匹の亀を作るわけだから一人で済んだのか？」

「人数が違ったところで、やることは何も変わりませんわ」

「はは、ちげぇねぇな」

これ以上失言をしないよう、最低限の言葉を返しながらララは歩き続けるネモを目で追いつつ、これからどうするかを思案していた。

ネモの長喋《ながしゃべ》りは明らかに何か目的を持ったものに見えていた。今この場でネモの持つ目的、それはララ打倒以外にあり得ない。

ララからすればさっさと距離を詰めて手で触れ、〝改造〟の能力で身体中《からだ》を好き放題にして殺してしまえばいい。戦闘のアドバンテージは相当ララにあった。ネモの両手は最早《もはや》用をなさないただのひれで、たとえ拳銃やナイフを隠し持っていたとしても煙草《たばこ》すら取り出す事の出来ないネモにはそもそも扱う事ができない。そして使えないとしてもネモが何か武器を手にしていたなら、ララはすぐに動いただろう。しかしネモは空手なのだ。武器を取り出し、狙いをつけ、使用する。その三動作に対してララは触れるだけ、そのアドバンテージはあまりにも大きかった。

しかし、そのアドバンテージがララに迷いを生んでいた。

（まるで、誘われているようですわ……）

そう、ネモはララの〝改造〟の能力を把握していると開示しながら、うろうろと歩き回り、時折、ララに背まで向けている。まるで襲ってきてくれと言わんばかりに。

もしネモの喋《しゃべ》りの目的が自分にララを近寄らせるという目的ならばまんまとそれに乗ってしまう事になる……。

そんなララの逡巡《しゅんじゅん》を見透かしたかのようにネモは街灯の下まで来ると足を止め、口を開いた。

「俺がこんなにべらべらと喋《しゃべ》るのが不思議か？　何の目的があってと思うよな？　全ては自然にここ、この街灯の下に来るためだよ。他のどれでもない、この街灯の下にな」

ララがハッと目を見開く。

「そこには……」

「ああ、こいつがあるんだよ」

ネモは右ひれで地面の何かを掬《すく》い上《あ》げる動作をした。

掬《すく》い上《あ》げられた何かは指の無いネモの手では保持できず、掬《すく》い上《あ》げられた勢いのまま宙に高く放り上げられ、街灯の明かりを反射してその姿をララに伝えた。カランビットナイフ、先ほどトトが自らに似合わないと蹴り飛ばした業物だった。

それを認知した瞬間ララの足が地面を蹴る。あの手ではナイフを扱えない筈《はず》という考えはもう頭から消し飛んでいた。

ここまでの話で示されたネモの頭の回転の速さであれば何か解決方法を思いついていても不思議ではない。いや、それどころか、あれほど頭の切れる男があのナイフを手に入れる事にこれほど注力し、しかもその狙いを明かしたのだ。あのナイフがネモの手に渡ればもう勝負がつく算段があるに違いない。ならばララにできる事はネモにナイフが渡る前、空中にあるうちにネモの体に触れる事ただ一つ。

(大丈夫、ナイフは大分高くまで放り上げられました、十分に間に合う距離ですの。勝つのはわたくしですわ!)

しかしその考えはわずか一秒後、ネモの眼前にララが迫り、手で触れようとした瞬間、突如自分に向けられた銃口と発砲音によって、万感の後悔に変わった。

2

高く放り上げられたナイフ、そして迫るララを前にネモがとった行動は大きくジャンプする事だった。落ちて来るナイフとの距離を自分から縮め、使えない両手の代わりに唯一自由に使える口でそれをキャッチする。〝ネモの口キャッチ〟の発動だった。

歯に伝わるナイフの硬質な感触を噛《か》みしめながらネモはララにあえて言わなかった〝本当の狙い〟について思いを巡らせた。

(亀の材料にされた人間はまだ左腕がそうとわかる程には形が残り、しかも動いていた。亀を作ったのがいつかは知らねぇが、ララの能力はガワだけは一瞬で変化するが、中身まで完璧に変化するには相当の時間がかかるんじゃないか？)

ネモの両足が地面に触れる。そのまま膝を曲げ、着地の衝撃を殺しながらナイフを咥《くわ》えた口を自らの右手に向けて一気に振り下ろした。カランビットナイフはネモの狙い通り、サメのひれを真一文字に切り裂いた。

(てことはつまり、このサメのひれの下にはまだ俺の手が、指がしっかり残っているはずだ！)

ナイフの刃先の軌道に沿って鮮血が飛び散る。その傷跡から、少しだけ溶けたネモの勝手知ったる右手が顔を覗《のぞ》かせていた。そのままネモは右手を懐《ふところ》に突っ込み、モーテルでガガカと一緒に準備をした拳銃を抜いた。

この時点でララはもうネモから一メートルも無いほどの距離に迫っていた。本来はここから目標を視認し、狙いを付けて撃つという動作がネモの勝ちには必要だった。ただ触れるだけでいいララに対し圧倒的な不利。しかし、ネモは狙う必要などなかった。一秒でも早くネモに触れなければならないララは最短距離、二人の間に引かれた直線に沿って向かってくる。ネモはその直線に体の真正面が来るようにジャンプしていた。つまり、拳銃を抜き、正面に向けて引き金を引くだけで必ずララには当たる。

ネモの攻撃を誘うような徘徊《はいかい》、長々とした考察、そして狙いの暴露。すべての行動は今この時、最短距離でネモに触れる事が唯一の勝利の道だとララの思考を誘導するための撒き餌《まえ》だった。

「後は、一度ひれにされたこの指が動くかどうかだ」

ネモの脳は眼前に迫ったララの掌《てのひら》を視認する前に神経細胞を駆動させ、人差し指を曲げる信号を全速力で伝え、結果、乾いた銃声が一度、響き渡った。

「ハァーッ！　ハァーッ！」

「グッウウウウウウウウウ」

結果は一目瞭然だった。極限のやり取りで息を切らし、へたり込むネモと、ネモの放った銃弾に腹部を貫かれ、呻《うめ》きながら血だまりに伏せるララ。

ネモのあずかり知らない所だが、今回使った、イグニスから半ば強引に借りパクしている拳銃が、コルト・ガバメントだというのもネモに味方していた。突進してくる敵を止める力、〝マン・ストッピング・パワー〟に優れる四十五口径の弾丸を使うガバメントであればこそ、ララの決死の突進を止めることができたのだった。

そんな幸運はつゆしらず、ネモはララから一歩、二歩と距離をとると拳銃を向けたまま立ち上がった。

「フゥーッ！　フゥーッ！　さ……さっさと殺したらどうですか⁉」

「そういきり立つな、傷は深くはないけど浅くもない。興奮するとあの世が近づくぜ、知らんけど」

「撃っておいて白々しい……！」

「とりあえず、俺が助けを呼びに行くからそれまでは生きてろ。言ったろ、浅くもないが深くもない。すぐに手当をすれば運が良けりゃ命は拾えるさ」

「情けをかけるつもりですの⁉」

「ちげーよ、取引だ。俺の手を元通りに戻してくれりゃ、止血をして助けを呼びに行ってやる。自分のひれを切り裂いて元の手を出すのは嫌なんだよ。普通に痛覚あってマジ痛いし」

「ふっふふ、残念でしたわね、こんな傷わたくしの能力ですぐに改造して健康体へ治癒を……」

「お前の能力、自分には使えねーんだろ？　使えてたら厨二病《ちゅうにびょう》のお前がその背中にドラゴンの翼を生やさない訳がないもんな」

「どこまでも見透かしたようなことを……！」

「だから喋《しゃべ》りすぎなんだよお前。それに言ったろ？　俺がティーンの頃にしてた妄想と被《かぶ》る所があるって。だからさ、その……お前を助けてやったらさ……」

「ハァッ……ハァッ……はっきり言ってくださいな」

「ドラゴンの翼を生やしてくれねぇかなぁ……俺に。正直手を治すよりそっちの方がよっぽど魅力的だ。頼むよ、俺の夢を叶《かな》えると思って助けられてくれよ。翼のディテールは迷うところだがまあ日常に支障をきたさないサイズで蝙蝠《こうもり》系ってより翼竜系の……」

「……わたくしはこんな阿呆《あほう》に知略で負けたのですか……」

「バカ、あんなの知略戦なんて言わねぇよ。お前のトンデモ芸〝改造〟対俺のびっくり芸〝ネモの口キャッチ〟の大道芸対決だ。俺の芸の方が上だったがな」

「芸の対決で負けたと考えると知略対決で負けたよりよっぽど心に来ますわね……」

「ハハッ、確かにその通りだ。負けを認めたところで俺の手を治してくれ。そうでなきゃ満足にお前の止血もできない」

「グッ……仕方ないですわね」

その言葉を待っていたかのようにネモは未《いま》だサメのひれと化している両手を勢いよくララに差し出し、ララもその手を取る。

「……随分と迂闊ではなくて？　わたくしがせめてもの意趣返しにこの手をサメよりももっと醜悪なものに変えるとは思わないんですの？」

「そん時はそん時さ。それに、厨二病《ちゆうにびよう》になっちまうほどかっこよさにこだわる奴《やつ》がそんなダサい事をするとも思えねぇしな」

「全く本当にどこまでも見透かしたようなことを……」

ララのため息とともに、ネモの手はひれの部分が解けるようにボタボタと地面に落ち、その下からは人間の手が露《あらわ》になった。

「お、さんきゅー。じゃあ待ってろ、とりあえず止血を……とその前に悪いがお前の体を街道から外に出すぜ、ヤベェ地鳴りとでけぇ祭りの掛け声が近づいてきてる。これあれだろ？　永遠に街をぶっ飛ばしながら兎《うさぎ》の山車《だし》の上で祭りを続ける〝眠らない兎《うさぎ》〟とかいう奴《やつ》だろ？」

その言葉に、ララは息を吐き、静かに笑った。

「ふふっ、貴方《あなた》も知っていらしたんですね」

「おう、一回アレに飲み込まれてえらい目に遭った。街の人間じゃないって事で何とか外には出られたけどな」

「くすくす、では今度は二度と出ることができませんねぇ」

「なに？」

「わたくしの能力で〝改造〟できるのはなにも目に見える部分だけではないという事ですわ。先程手を治す際、貴方《あなた》という存在の一部を〝改造〟させてもらいました」

「存在の……一部？」

「貴方《あなた》の〝街の外から来た人間〟という情報を、〝街の人間〟と改造しました。先程からあの〝眠らない兎《うさぎ》〟の音は聞こえていましたので。〝街の人間〟ともなれば〝眠らない兎《うさぎ》〟は容赦しません。街道から外れたくらいで逃れられると思わない方がいいですわ」

「お前……分かってんのか!? 俺が逃げるなり、囚《とら》われるなりしたらお前死ぬんだぞ!? その傷は手当すりゃ死にはしねぇ程度には浅いが放って置きゃ死ぬ程度には深いんだぞ!?」

「ええ、こんなダサい、後出しじゃんけんのような真似《まね》はわたくしもしたくは無かったのですが、イニエールの為《ため》です。無粋の代償は命という事でここはひとつチャラといたしてくださ い」

「テメッ……」

「いいのですか？　もうずいぶんと近づいてきましたよ。祭りの音が」

「チッ……あの世で後悔しても遅ぇからな！」

「イニエールの、わたくし達の末の妹の為《ため》です。何の後悔がありましょうか。ああそれと！」

ララの言葉に逃げ出そうとしていたネモの足が止まる。

「先程ドラゴンの翼を生やしていないのがおかしいとおっしゃっていましたがわたくしは生やす必要などないんですのよ？　封印されていて今は出せないだけですわ」

「はっ、わざわざ呼び止めてまで言う事がそれかよ。見上げた厨二《ちゅうに》精神だ」

「いえ、これは貴方《あなた》への忠告ですわ。貴方《あなた》も厨二病《ちゅうにびょう》ならばおありだったのでしょう？　妄想と現実の齟齬《そご》を埋めるための、自分の妄想を現実に押し付けるための、翼を出せない設定が。でしたら他人に生やして欲しいなどと無粋な事を頼むものじゃありませんわ」

「生憎《あいにく》と俺は二十歳。ティーンを卒業した厨二病《ちゅうにびょう》ＯＢだ。お前に頼んだのは……ただのノスタルジーの暴走だよ」

　腹から血を流し、息も絶え絶えになりながら、迫りくる、逃れられない死を眼前に見つめ、それでもララは勝ち誇ったようにネモに言い放った。

「卒業しようが何だろうが、自分の妄想を信じられなくなったら人生おしまいですわよ」

　ネモは何も言えずに踵《きびす》を返《かえ》し、駆け出してその場を後にした。背後からは一度捕まると二度と生きては出られない兎《うさぎ》型の山車《だし》が猛スピードで、もうすぐそこまで迫っていた。

3

時は少し戻り、殺し合いが始まり、ガガカとトトがお互いの相方と分断され、雑木林の中で相対していた時間。両者はにらみ合っていた。

「よりにもよってなんでガガカとになっちゃうんだろうな……」

ふっと戦闘態勢を解いてトトがぽつりとつぶやいた。

「ったくお前は。まーだそんなこと言ってんのかよ」

ガガカは呆《あき》れたようにこぼしながら戦闘態勢を解き、煙草《たばこ》を咥《くわ》え火をつけた。

「ガガカも戦う気ないじゃん」

「バカお前、これは余裕だよ。お前こそいいのか？　イニェールとやらの力になりたいんだろ？」

トトはガガカの目の前でため息を一つつく。それを見たガガカも苦笑しながら紫煙を吐いた。

「そうだよ」

次のセリフはガガカのすぐ背後から聞こえた。そのままガガカの後頭部を狙って拳を繰り出すトト。ガガカはぎりぎりのタイミングでしゃがみ込んでそれを避けた。

「へぇ、すごいじゃん」

トトが感嘆の声を上げたと同時にガガカは思いっきり飛びすさってトトから距離をとった。

「無駄」

その声が聞こえたのは、またしてもガガカの背後からだった。今度は避けきれず、右のこめかみにフックが完璧に入る。脳が揺れる一撃。大きくよろけたガガカが姿勢を崩す。そこにトトの追撃、思いっきり力を込めた前蹴りがみぞおちに炸裂《さくれつ》した。

「ガハッ！」

たまらず、空気の塊とともに鮮血がガガカの大きな口から漏れる。

「イニェールの為《ため》だから。ごめんね」

うずくまるガガカを乱暴に足でごろりと仰向かせると、馬乗りになったトトがそのままその小さな両手をガガカの首にかけ、一気に力を籠める。

「うぎゅ」

小さなうめき声がガガカの喉の奥から漏れた。首を絞めるトトの手にはガガカの血で濡《ぬ》れたメリケンサック。これで頑丈な獣人であるガガカに非力な自分の攻撃を通していたのだ。それだけではなく、履いているブーツや着ている服の肘や膝部分には鉄板が縫い込まれており、何処《どこ》で攻撃しようとも、トトの非力さを補い相手の命を脅《おびや》かせる威力が出せるようになっていた。

「お……ま……え……」

ガガカの口が辛《かろ》うじて動くも、とぎれとぎれの言葉は意味をなさない。このままガガカは死ぬ。トトがそう確信した時、予想外の一撃がトトを襲った。

「ガァッ!!」

突如押さえていたトトの手を支点にガガカが渾身《こんしん》の頭突きを放ち、それがノーガードのトトの顔面にクリーンヒットしたのだ。鼻血が噴き出し、体の防御反応としての涙があふれ、トトの視界を奪う。たまらずガガカの首にかけていた手をほどいてしまうトト。それを契機にガガカは目にもとまらぬ速さで両足をトトの首にかけると三角締めの体勢に移行、ギリギリと唸《うな》りを上げる大腿筋《だいたいきん》は頸動脈《けいどうみやく》を締め上げ、約十秒かけてトトの意識を刈り取り、深い昏睡《こんすい》の海に堕とした。

4

「お、もう起きたのかよ。数秒で生き返るとかアタシの寝技もなまったもんだ」

目を開けたトトの視界にはゆっくりとトトを地面に寝かそうとするガガカが映った。なぜか左手でトトの右手をしっかりと握っている。

「え、何……コレ」

謎の握手を振り払おうとするも、頑として離そうとしないガガカに対して不審の声を上げるトト。

「お前の能力対策だよ。瞬間移動だろ？　そういう能力者は体に触っておけば、体の延長と判断されてアタシまで一緒に瞬間移動することになるから不意打ちができなくなるんだよ」

「ち、違う……。ボクは……滅茶苦茶《めちゃくちゃ》足が速い……だけ……」

「ばか、最初にアタシの背後に回った時に煙草《たばこ》の煙が揺れなかったからそれはねーよ」

「か、仮にガガカの言う通りだとしても！　対策になるとは限らないじゃん！」

「なら試してみろよ。特定奇跡災害対策機構の奇跡対応マニュアルじゃ触ってれば安全だってなってんだよ。マニュアルはいつも正しいんだ」

「う……うう……このマニュアル獣人！」

困ったように唸《うな》った後やけくそのように怒鳴ったトトが一瞬手に力を籠めると、二人の姿が一瞬消えて、十メートルほど離れた場所にもう一度現れた。

「ふぅ、賭けだったが、どうやらマニュアルは正しかったみたいだな。冷や汗かいたぜ」

「残念だけど……そうみたい」

「とにかく、これで手を繋《つな》いでいる限りお前がどこに飛ぼうとアタシも一緒に転移するわけだから、奇襲はかけられない。それどころか一蓮托生《いちれんたくしょう》だ」

「ええ……困る……」

「それはお互い様だ」

二人は今、お互いの手を握り合う程の至近距離から離れられずにいた。更にお互い片手がふさがっていて殴り合う事もできない。殺し合いをするにはあまりにも不向きな状態だった。

「マ、マニュアルにはこの先どうすればいいって書いてあるの？」

「困ったことに先は何も書いてなかったんだなこれが。正真正銘アタシの方も打つ手なしだ」

「じゃ、じゃあどうするの？　お手々繋《つな》いでお話しする位しかボク達もうできないみたいだけど……」

「ま、それでいいんじゃねぇの？　そもそもアタシ達はお前らの事何も知らねぇんだ。お互いを知るとしようや」

ガガカがにっこり笑う。その姿とこの膠着《こうちゃく》状態にトトは諦めたような ため息を一つついてぽつりぽつりと話し始めた。

「ボク達……ボクとララはイニェールの手に入れた聖女の契約書から生まれた存在なんだ」

ガガカがトトの話を聞くために煙草《たばこ》に火をつける。

「所有者の望みを叶《かな》える〝右手の人差し指の契約書〟、イニェールが手に入れたのはそれだった」

「望みを叶《かな》えるねぇ……右手の人差し指がなんでまたそんな能力を」

「さぁ？　ボクにはよくわからないけど、イニェールが言うにはね、指というより、手であることが重要なんじゃないかって」

「手ェ？」

「そう。人間は四つ足の時代から、生き延びたいという原初の望みを叶《かな》えるために手を願った。それは進化という形で叶《かな》えられ、それから無数の人の望みを叶《かな》えてきた」

「このお手々が？」

ガガカが煙草《たばこ》を持つ自らの手をおどけてひらひらと振って見せる。

「そうだよ。ガガカが一番よくわかってるんじゃない？　イニエールもそうだけど、人間と獣を分ける一番大きな要素じゃないか。その手は」

「言われてみりゃあそうだな。おおよそ人間として享受できる望みは全て、このお手々が付いてるからなわけだ。おかげで煙草《たばこ》が美味《うめ》ぇよ」

「ボクに殺されずに済んでるのもね」

トトが忘れてもらっては困るというようにガガカが握る自分の手をぶんぶんと振り回す。

「ははは、ちげぇねぇ」

「だから手にまつわる〝聖女の契約書〟は望みを叶《かな》えるものが多いって話。イニエールはそんな〝契約書〟を手に入れて、最初にイグニスの言葉を現実にすることを望んだ。〝誠実さが取り柄の木偶《でく》みたいな亀を足蹴に進み続ける眠らない兎《うさぎ》〟、つまりこの街をつくる事を」

「ちょっと待ってくれ、さっぱり意味が解《わか》らん……」

「ふふっ。正直、ボクもわけわかんない。でもそこは大事じゃないんだ。大事なのは最初にそれを願った事なんだ」

その笑顔で、場の空気が若干ほぐれ、トトの素が顔を出したようにガガカは感じた。好きな相手を紹介したくてたまらない年相応の子供の様な雰囲気。そんな変化が愛おしくて、ガガカもつられて「ふふっ」と笑い声を漏らしてしまう。

「その頃のイニェールの状況を知ってる？　足が動かず、住んでいる街の人間から腫物に触るような扱いだったんだ」

「そりゃなんでまたそんな状況に」

「イグニスがイニェールを助けるために街の人間を半分殺したからだって」

自分がバラバラにされたことを思い出したガガカは閉口した。

「あの女なら、やりかねねぇわな」

「でも！　そんな状況でも、最初の望みは自分なんて度外視して、イグニスの言葉を実現しようとした。イニェールはそういう子なんだよ」

トトの声音が若干の熱を帯びる。まるで愛《いと》しい我が子を自慢する親のような、そんな熱の入り方だった。

「その望みの結果生まれたのが人間を改造できる能力を持ったララだったんだ。そして生き残った街の人間、二百五十人を集めて、これねて、改造して、この亀を作った」

「そいつは……優しいって言えるのか？」

「優しいよ。自分より他人を優先できる人間は誰だろうと、何をしようと優しいんだ」

「お前も大概歪《ゆが》んでんなぁトトよ。契約書から生まれた精霊みたいな存在の癖にまるで人間みたいじゃねぇか」

ガガカはトトの顔を見ずに煙草《たばこ》の煙を吐く。熱を帯びていたトトの口調が一気に冷め、今までのおどおどとした口調が戻って来る。

「……とにかく、そうして生まれたのがララで次に生まれたのがボク。イニェールが言うには動かない足の代わりに行きたい場所に行きたいように行く術が欲しかったんだって。だからララがお姉ちゃんでボクが妹なんだ」

「そいつはどうも計算が合わないじゃねぇか。お前は確か、妹の望みを叶えたいんじゃなかったのか？」

「あれは……イニェールの事だよ」

「もっと計算が合わねぇな」

「あはは、人間には理解できないかもね」

「残念ながらアタシは獣人だ」

ガガカは自分の毛皮を撫《な》でつけながらにやりと笑って言った。

「そういう所だよ。ガガカはさっき人間みたいだなんて言ったけど、やっぱりボクは違うんだ。獣人も人間も大差ないし……自分の事を後回しにして……信じた聖女を求め続ける……血肉を分けた女の子は、守ってあげたくなる妹なんだよ」

「……全く本当に人間臭いね、お前は」

「分からない人だねガガカは。そんな事言うと嫌いになるよ」

「殺し合いまでしてんのに今更だろうが」

「……殺し合いしたって、ボクはガガカが嫌いじゃないよ。イニエールの次くらいにはガガカが好きだよ」

「そこまで好かれる理由がよくわかんねぇな。アタシお前になんかしたか？」

「ボクはイニエールから生まれたんだよ？　ボク達は優しくしてくれる相手は大好きなんだ。彼女はイグニス、ボクはガガカ。ララは……多分自分の厨二《ちゆうに》妄想かな？」

「ははっ、じゃあなんだ？　お前はアタシの為《ため》にこんなドン亀作るくらいのことは余裕な訳だ」

「そうだよ、何でも言ってよ」

「……じゃあお前は今すぐこの亀の外に出ろ。イニエールの事も忘れてどっか知らない滅茶苦《めちやく》茶《ちや》遠くに行け」

トトは寂しそうにフッと笑った。

「お安い御用さ。でもその前に愛《いと》しの妹の望みを叶《かな》えなきゃ」

そう言うと二人の姿は雑木林の中から消え、ガガカの煙草《たばこ》の煙だけが残った。

5

激しく逆巻く風が下から上に流れる。急にその風に身を晒《さら》されたガガカは一瞬浮いているような感覚に陥るが、すぐに自分が落下していることに気付いた。

「んがぁ！　ど、何処《どこ》だここぉ！」

すさまじい風圧にろくに目も開けられないまま、触覚を頼りにそれでも自分がトトの手を離していないことを確認して少し安堵《あんど》し、もう片方の手の煙草《たばこ》が吹き飛んでいることにがっかりした。

「こ！　ここは成層圏！　だよ！」

ガガカの耳にトトの叫び声が届く。

「どこだよそれぇ！」

「上空約三万六千メートル！　雲の上！　宇宙の下！　瞬間移動は！　こんなこともできる！」

「テメェ！　何処《どこ》連れて来てくれてんだぁ！」

無理矢理に目を開くガガカ。視界には半円形の青く光る地上とその上に無限に広がる真っ黒な宇宙、そして作りものの様にまん丸な太陽が映った。

「うわあああああ死ぬ！　死ぬ！　死ぬ！」

「ねぇガガカ！」

「落ちる！　死ぬ！　なんだぁ！」

「ボク、亀の外に出たでしょ！　滅茶苦茶《めちゃくちゃ》遠くまで出たでしょ！」

「アタシが言ったのは上下の距離じゃねぇ！　横移動！」

「言わなかったガガカが悪い！」

「確かにぃぃぃぃぃぃぃ！」

そう言っている間にも二人は吸い込まれるように地面に向けて、死に向かって落下し続ける。

「ガガカの望みは叶《かな》えたよ！　それでさ！　このまま二人で地面に叩《たた》きつけられたらさ！　イニエールの望みも叶《かな》えられるよね！」

「バーカ！　バーカ！　んなわけねぇだろうが！」

二人は上下の区別すらできなくなるほどぐるぐる回転しながら落ち続ける。時折視界に映る地上はもう青いだけでなく、赤茶けた大地や深緑の山々が認識できる程になっていた。

「お前も死ぬんだぞ！　何がしたいんだよお前！」

「したい事なんてないよ！　ボクは他人の望みを叶《かな》えるだけ！」

二人は空中で手をつないだまま、その目と目を合わせた。

「それで死んでも別にどうでもいいよ。どう？　凄《すご》く優しい存在でしょ」

「馬鹿野郎が、自分一人じゃ何していいかわかんねぇだけだろうが」

　ガガカはトトの服の襟首をつかみ、唾が飛ぶ距離までぐいと引き寄せる。

「イニエールもお前もただの馬鹿だ！　他人に適当に乗っかって、自分がさも優しい存在だなんて勘違いしてやがる！　何百人も殺して亀作ったり！　成層圏から無理心中したりするやつらが！　優しいわけねぇだろうが！　お前らはタダ質の悪ぃ！　邪悪な軍団だ！　特定奇跡災害対策機構・特別捜査官・ヴァーテウス・ガガカが成敗してやるよ！」

「うるさい！　ボクは望みを叶《かな》える契約書から生まれたんだ！　他人の望みを叶《かな》えられないなら生きてる意味なんて！」

「黙れ！　お前は邪悪な存在なんだからそんなまっとうな、理論立った、筋道の通った事を言うな！　適当に、生きたいように、思うがままに生きやがれ！　お前言ってたじゃねぇか！」

　地面はもう目前まで迫っていた。

「誰も殺したくないって言ってたじゃねぇか！」

　迫る赤茶けた大地、転がる岩、砂利、砂。ガガカの網膜が捉える大地のディテールはどんどん細かく、それに比例して命の残り時間が限りなくゼロに近づいた。地面に叩《たた》きつけられ体が肉片へと変わるその刹那、二人の体は霞《かすみ》の様に掻《か》き消《き》えた。

「うわぁ！　死んだか⁉」

「残念まだ生きてるよ」

二人が降り立ったのは安っぽい傷だらけの板張りの上だった。慌ててガガカが周りを見回すと、そこは街に到着して最初にネモを介抱したモーテルだった。

「た、助かったぁ……」

安堵《あんど》のため息に肺の中の空気を全て吐き切ってガガカはベッドに倒れこむ。こんな状態でもしっかりとトトの手を握り離さなかったのは捜査官としての場慣れのなせる業だろう。必然トトも引っ張られてベッドに倒れこむ。

「なんでまたこんなとこに……」

「うるさい。とっさに思いついたのがここしかなかったんだ。そんな事よりガガカ」

トトは今までに見たことが無いほど怒りをあらわにした顔で寝転がったままガガカの顔に詰め寄る。

「さっきの言葉取り消してよ、ボクは邪悪な存在だから適当に、生きたいように生きろだなんて、そんな言葉取り消してよ！」

「……嫌だね。お前は邪悪だから思うように生きろ」

「そんなっ……そんな生き方が許されていいはずがない！　望みを叶《かな》える精霊みたいなボクは……」

「何度も言ってるだろ、お前人間臭いんだよ。だからさっさとそれを認めて適当に生きろ。それにな、書いてあるんだよ」

「書いてある？」

「特定奇跡災害対策機構、奇跡対応マニュアル一項の四、当機構の捜査官の捜査の対象となる物は奇跡の関与が疑われる物、そしてその奇跡によって生まれるものは全て欲望のままに生きる邪悪にして、捜査官の駆除の対象である。どうだ、お前は立派な邪悪だろうが」

トトは未《いま》だ繋《つな》いだままのガガカと自分の手を見た。ガガカの言うところの特定奇跡災害対策機構のマニュアルが定める、瞬間移動の能力者と戦うときの対処法を見た。

「……マニュアルに書いてあるなら……正しいじゃんかぁ」

「そうだよマニュアルはいつも正しいんだ。だからお前は邪悪なんだ。邪悪ってのは悪い奴《やつ》だ、正しい奴《やつ》の反対にいる奴《やつ》だ。正しい奴《やつ》ってのはアタシみたいな、捜査官で、間違いを犯さず、筋を通し、やりたくないことにも耐える大人の事だ」

ガガカは寝転がったまま新しい煙草《たばこ》を咥《くわ》えると火を点《つ》け、余裕たっぷりに煙を吐いて嘘《うそ》を吐いた。マニュアルの細かい文言など覚えていなかったし、自分が正しい存在ともさほど思っていなかった。

「その反対にいるお前は、邪悪で、間違いを犯して、行き当たりばったりで、やりたくない事はやらないガキでいなきゃいけないんだよ。だから……」

ガガカの大きくふわふわな手が、涙をこぼすトトの頭をぐしゃぐしゃと乱暴に撫《な》でつける。

「お前はアタシを殺さなくてもいいんだ」

6

トトがひとしきり泣きじゃくった後、ガガカは手を離し、やっと解放された手を思いっきり伸ばしてベッドに大の字に寝転んだ。

「そんで、お前はこの後どうすんだ？」

「……とりあえずはララを拾って、二人でどこか適当な場所で適当に子供として暮らすよ。その時の気分で適当に、行き当たりばったりに。なんたってボクは邪悪な人間らしいから」

「いいじゃねぇか。ただあんまりハメは外すなよ？　それこそ特定奇跡災害対策機構が捜査に乗り出すような事件は絶対に起こしてくれるな」

「……そうだね。怖い捜査官に来られるのはボクとしても困るな」

「おうよ。二度とアタシの目の前に現れるようなことは無いと誓ってもらうぜ。それが、今回奇跡から生まれた、邪悪な存在であるお前を見逃す条件だ」

そう言ってガガカは煙草《たばこ》を取り出して火をつけた。いつもと変わらずに紫煙を吐き出すその顔はどこかいつもより寂しそうにトトには見えた。

「ガガカはこの後どうするの？」

「そうだなぁ、ぶっちゃけこのままお前にアタシのアパートに送ってもらって熱いシャワーを浴びてベッドで寝たいってのが本音だが……まっ、そんな訳にもいかないわな。とりあえずネモと合流してそっからは流れでイグニスを助けに行くかな」

「流れで助けられる存在なんだイグニスって……」

「あの女はそれくらいでちょうどいい。元はと言えば今回の騒動は全部アイツが原因じゃねぇか」

「確かに」

二人は顔を見合わせて笑った。

「てことでトト、悪いがネモが居るとこに送ってくれねぇか？　まだララと戦ってんのかな」

「分かったよ、じゃあ手、出して」

ガガカが差し出した手をトトが取る。これが最後だということを二人ともわかっていた。だから、お互い強く握りしめる。トトがさらにぐっと力を籠め……またすぐに緩めた。

「おいどうした」

「ごめんガガカ……ネモの所に飛ぼうとしたんだけど……あの……〝眠らない兎《うさぎ》〟の中にいるみたいで……ほら、前あの中に入った時ガガカ胸を揉《も》まれたとかでえらく怒ってたから一言言わないとと思って……」

「え、待て。アイツまたあのヤバい山車《だし》の中にいんの？　なんで？」

「さあ……」

「アタシもまたあの中に行かなきゃいけない訳だよな？」

「うん、多分……」

ガガカは頭を抱えた。

「はぁ……まあいいや。捜査官は胸を揉《も》まれるのも仕事の内だ畜生め」

「……そんな事言わない方がいいよ。女の胸は絶対にタダやどさくさで揉《も》ませていいもんじゃないんだって、ボクの知ってる一番優しい人が教えてくれたから」

「……こりゃ一本取られたな。確かにアタシが悪かった。約束するよ。アタシの胸は絶対にタダやどさくさで揉《も》ませない」

「うん、そのほうがいいね」

トトが今までで一番年相応の少女の様な笑顔を見せた。そんな顔を彼女ができる事がなぜかとても嬉《うれ》しくて、ガガカも一緒になって笑った。時間にして数十秒の出来事だが、トトもガガカもこの瞬間が続けばいいのにと思う気持ちを持つことを止める事は出来なかった。

「でもさ、邪悪な軍団に一本取られてたら捜査官なんて廃業したほうがいいんじゃないの？」

しかしそんな時間は当然のように続かない。トトは次の人生に、ガガカは次の戦場に向かう時間がやって来る。

「うるせえ、さっさとアタシをあのヤバい山車《だし》に送り込め」

「ははっ」

トトの軽い笑い声を最後に二人の姿はモーテルの客室から消えた。後には最初からまるで誰もいなかったような静寂だけが残った。

7

「うわあああああああああああああああああ」

ガガカが本日二度目の落下を決め、その大きなお尻から見事に着地する。着地した先は山車《だし》の上で凝縮した祭りを繰り広げる〝眠らない兎《うさぎ》〟。

「畜生トトの奴《やつ》、自分が取り込まれるのが嫌だからって空中から落としやがって。アタシは空《くう》挺《てい》部隊かっつの」

ぶつぶつと自分の扱いについての文句を漏らしながら痛むその大きな尻をさするガガカ。

「しかし、さっさと動き出さないとな。アタシは街の外の人間だからいつ前みたいにはじき出されるかわかんねぇ、待てよ？　ネモも街の外の人間だからいつ外に出されてもおかしくねぇんだよな？　これはいよいよ急がねぇと……」

とは言いつつもガガカは人ごみにさえぎられて中々動き出すことができない。

「畜生、相変わらずすげぇ人口密度だ。どうやって祭りやってんだよ。この亀に来てから一番納得いかねぇ。どーやってネモ見つけっかなぁ……」

背後から胸を触ろうとする不届きものの手をぴしゃりと叩《たた》き跳ね返していたガガカの耳に騒音が突き刺さる。

〈ウリャオイ！　ウリャオイ！　ウリャオイ！　ウリャオイ！　ウリャオイ！　ウリャオイ！　ウリャオイ！〉

〈オラー！　そんなんじゃ全国いけねぇぞ！　オタ芸には魂を込めろ！　ついでにリビドーも込めろ！　二次元のあの子を三次元に呼び出せ！　お前らならできる！〉

「なんかあそこだけ祭りの種類が違くねぇか？　てか全国ってなんだよ」

物珍しさに目を凝らすガガカ。すると監視するために組んだのであろう櫓《やぐら》の上に見知った顔を発見した。

「ネモォ!?　あの野郎なんてトコで何やってんだよ！」

急いで人波をかきわけ、何とか櫓《やぐら》の下にまで辿《たど》り着《つ》くガガカ。

「ネモ！　おいネモォ！」

櫓《やぐら》の下から呼びかけるも返事は無い。仕方がないので高さ約三メートルの櫓《やぐら》をするすると四つ足を使い器用に上るガガカ。

「おいネモ！」

頂上まで辿《たど》り着《つ》き、耳元で怒鳴るガガカ。

「うるさい！　誰だお前は！」

「はぁ？　アタシだよヴァーテウス・ガガカ。さっきまで一緒にいたじゃねぇか」

「そんな奴《やつ》は知らん！　俺は〝眠らない兎《うさぎ》〟オタ芸部門総監督、太田《おおた》芸太郎だ！」

「はぁ……何言って……」

その時、太田《おおた》芸太郎の目がギラリと脂っこく光った。視線の向かう先はガガカのバニースーツ越しの胸。

「お前！　まるで二次元から抜け出してきたようなけしからん乳！　確保だぁ！」

怒濤《どとう》の勢いで完全に油断しているガガカの胸を両手でわしづかみにする芸太郎。一瞬の沈黙。

「……アタシはなぁ。滅茶苦茶《めちゃくちゃ》大事なガキで、もう二度と会えないガキと、胸だけは絶対に揉《も》ませないって約束してここに来てんだよ」

静かな激しい怒りを湛《たた》えたガガカの声が発されると同時に人間の四肢の可動範囲と、人間が生み出してきた格闘技の知識の研鑽《けんさん》、そして獣の膂力《りょりょく》。その三つが合わさり、威力が三倍となったありとあらゆる殺人技が芸太郎を襲った。芸太郎は死んだ。

8

「で、正気に戻ったかよ」

櫓《やぐら》の頂上、ちょうど人間二人が座って話ができるスペースでガガカとネモは膝をつき合わせて向かい合っていた。

「おう、おかげさまで。この〝眠らない兎《うさぎ》〟ってのは恐ろしいな。取り込まれると自分じゃなくなる。祭りを演出するこの山車《だし》の一部になるんだ。ガガカが助けてくれなきゃ危なかったよ。で、なんで俺はこんなにボコボコなんだ？」

「それは……その……〝眠らない兎《うさぎ》〟の洗脳が強くてな。結構殴らなきゃ正気に戻らなかったんだ。わ、悪いな」

「そうか、ならしゃーねーな。あともう一つ聞きたいんだが俺の手の中に残る微《かす》かな温かみと柔らかな感覚、それに殴られたってのに全然怒る気になれない、むしろ多幸感が溢《あふ》れて来る理由って何か知ってるか？」

「そ、それよりもよぉ！　前にこの山車《だし》に乗った時はそんな事にならなかったじゃねぇか！　どうしてまた今回はそんなトンチキ洗脳を受ける羽目になったんだ？」

「ん？　なんか今強引に話を切り替えられたような気が……」

「気のせいだ」

「お、おう……。それがララとの手に汗を握る死闘の結果、俺の情報というかステータスというかプロフィールっていうか……とにかくそれが〝街の外から来た人間〟から〝街の人間〟に書き換えられちゃってよ」

「なにがどうなったらそんな何でもありのファンタジー戦闘が起きるんだよ」

「うるせー、奇跡にかかわりゃそんなことが当たり前だってのはお前の言葉だぞ」

「確かにな。アタシも今さっき成層圏からダイブしてきたとこだ」

「えーなにその超楽しそうなアクティビティ！　いいなー！」

「お前だって別人になって随分楽しそうにオタ芸指導してたじゃねぇか。アレはどういう仕組みなんだ？」

「どうやら〝街の人間〟判定されてる人間がここに囚《とら》われるとそういう事になるみたいでさ。おまけに未来永劫《えいごう》ここから脱出できないらしい」

「ええ……、大ピンチじゃねーか……」

「そうなんだよ……」

「アタシはなんでこんな足手まといと合流するために胸まで揉《も》まれて……」

「ん？　胸？　揉《も》まれ？」

「うるせぇ！　この糞雑魚《くそざこ》野郎！」

ガガカはいら立ちをそのまま腕力に変えてネモの腹を思いっきり殴る。

「殴るこたねーじゃねーかよ！　あー痛い！　痛い！　内臓出ちゃいそう！」

「うるせえ！　そんなに強く殴ってねぇよ！」

その瞬間、ぼとりと大きな音がした。音がした先に二人が視線を送ると、そこには赤黒くてらてらとした肉塊が転がっていた。

通常であれば理解に時間を要するその謎の肉塊。しかし二人は今日、この街に辿《たど》り着《つ》く直前にそれと全く同じものを見たことがあった。

「「か、肝臓だァ――!!!!」」

そう、ガガカがイグニスにバラバラにされた時、雨の様に降ってきた臓器の一部、肝臓だった。

「ガガカ! おまっ! 俺の肝臓! えぇぇ!?」

「うわぁ! ごめん! ごめん! マジごめん! 今からでも遅くないから口から入れよう! 出て来たって事は入るって事だから入れよう!」

「入ったって元の位置に収まるワケねーじゃん! 収まったってお前が出した罪は消えねーじゃん! てか俺の内臓こんなじゃれ合いで出て来る程出たがりだったの?」

「そ、そうだ! 確かに殴ったけど! お前の肝臓の出たがり具合にも問題があるだろ! お前の肝臓の自己顕示欲をアタシのせいにするんじゃねー!」

「うるせえバーカ!」

「くたばれバーカ!」

そんな醜い争いを繰り広げている二人のもとにまたぼとりという音が届いた。続いてもう一度。止まらない。まるで雨の降り始めの様に、その音は数を増していった。音の所在もバラバラで、櫓《やぐら》の周りだけでなく、〝永遠の祝祭〟全体、いや、この甲羅の街全てから聞こえてくる。

そして必ず音がした場所には肝臓が落ちていた。

「おい、こりゃ……」

「ああ、不味《まず》い。なにがどうなってるかはさっぱりわかんねーけど、とにかく不味《まず》いぜ。絶対イグニスが絡《から》んでる」

「チッ！」

大きな舌打ちを一つしてネモは櫓《やぐら》を降りようと梯子《はしご》に足をかける。

「おいおい待て待て！　お前どうするつもりだ！」

「肝臓は一人一個だ！　つまりこの雨みたいに降ってる肝臓の数だけ被害者が居る。おそらく、この街の人間全員殺すつもりだ！　今すぐイグニスのとこに行って止めねーと！」

「だからってお前この山車《だし》出れねーじゃねーか！」

「グッ……でも何とかしなきゃ！　俺はイグニスのブレーキ役なんだよ！」

そう言っている間に、肝臓の雨は降り止《や》んだ。しかし、今度は街の上空に大量の人間の左足の一団がまるで雨雲かの様に浮かんでいた。

「次はあれを降らせるってか……畜生……早く何とかしねぇと……ってアレ⁉　俺の左足もない！」

「……あれじゃねぇか？　ほらアタシ達の近くに浮かんでる」

「勝手知ったるふくらはぎの黒子《ほくろ》……間違いねぇ！　てかなんで俺まで⁉」

「〝街の人間〟判定されてるからじゃねぇか？　証拠にアタシの足は全然平気だ」

「畜生ララの野郎……厄介な改造しやがってぇ……てことはやっぱり俺の肝臓も出てっちゃったってことだよな⁉　あ、なんかスカスカな気がする！　腹の中がスカスカ！　何コレ⁉　新感覚！」

「落ち着けネモ」

テンパるネモの頭を小突き、落ち着き払ったガガカが意を決したように立ち上がった。

「とりあえず、アタシのバニースーツのハイレグ部分をずらして中の紐《ひも》パンを解いて脱がせてくれ。ケツがデカすぎて自分じゃ上手《うま》く出来ねぇんだ」

「お前が落ち着けや！　なんだ⁉　俺がもう死ぬから最後に一発施してあげようってか⁉　いらねーよ！　もっと自分を大事にしろぉ！」

「ちげーよばか！　もういい自分でやる！」

「もっと自分を大事にしろぉ！」

目を白黒させるネモをしり目にガガカはさっと自らの下着を脱ぎ、二人の間に置く。

「いいか？　よく聞け、特定奇跡災害対策機構の制服は下着にまで規定がある。必ず、この機構支給の黒の紐《ひも》パンを着用しなければならない」

「え、何？　お前の所属してる機構って風俗なの？」

「違う！　これは紐《ひも》パンの形をしているが非常時に活用できる遺物《アーティファクト》なんだ！」

「すまん、紐《ひも》パンの形をした紐《ひも》パンにしか見えん」

「編み込まれている糸が特別なんだよ。緊急事態なんで説明は省くがとにかくこの紐《ひも》パンの両端をアタシとネモが咥《くわ》え、お互いの両手を握る。そうするとお前とアタシの〝状態〟が入れ替わる」

「状態？」

「そうだ。普通は仲間の怪我《けが》の肩代わりとかで使うもんなんだが、この〝状態〟には怪我《けが》以外にも様々なものが含まれる。お前の改造されたステータスだかプロフィールだか、そういった情報もイケるわけよ。この優れものは。名前は〝チェンジェリー〟」

「ダサッ！ チェンジとランジェリーをかけてんのか⁉ ガガカお前退職した方がいいよその職場！ 絶対！」

「うるせえ！ こいつでお前を肝臓も左足も揃《そろ》った〝街の外の人間〟にしてやるからとっととこの山車《だし》を脱出してイグニスを止めてこい！」

チェンジェリーを握りしめ、一喝するガガカ。その迫力にネモも一周回って落ち着いてしまう。

「でもそしたらガガカは……」

「そうだな、内臓も足も無くした状態でここに囚《とら》われる。永遠にな」

「ダメじゃん！」

「でもそれはお前が失敗したらの話だろ？　お前の話じゃララも〝契約書〟から生まれた能力をもった存在だ。トトから聞いた話だとイニェールが手に入れたのは右手の人差し指っぽっちの〝契約書〟だ。捜査官の経験から行きゃあその程度の契約書じゃそう無制限にぽんぽん望みを叶《かな》えたりはできない。間違いなくトトとララを生み出した時点でキャパオーバーだ」

「つまり……イニェール自体は、何の能力も持たないただの人間ってことか……？　レイエスの市長のライオンみたいに？」

「ライオンは知らねぇがそういう事だ。奇跡が絡《から》まねぇ一般人相手なら……チンピラやってたお前に分があるとアタシは見てる」

　そこまで言って、ガガカは煙草《たばこ》を取り出すと火をつけた。

「……それにさ、アタシが行くより、よっぽど可能性が高いと思ってよ。お前はイグニスの恋人で、ブレーキ役なんだろ？　今の状況にうってつけじゃねぇか。アタシが入る余地はねーよ。お邪魔虫は愉快な〝眠らない兎《うさぎ》〟の櫓《やぐら》の上で一服しながら待ってるよ」

　ガガカは煙草《たばこ》の煙越しに真っすぐネモの目を見据える。その目には紫煙にかき消されない程はっきりと確信の色が宿っていた。

「つまり、アタシはより勝率の高い方に賭けたんだ。絶対に負けんじゃねぇぞ」

「……俺は今、お前の言葉に柄にもなく感動している。任せろ、絶対負けねぇ！」

「よしっ、じゃあ紐《ひも》パンくわえっぞ。さっさとしろネモ、時間がねぇんだ」

「絵面だけが締まんねぇよなぁ……紐《ひも》パンて……」

9

膵臓《すいぞう》の雨が地面を叩《たた》く中、相変わらず猛スピードで爆走する山車《だし》から、一人の男が放り出された。

「痛てて……」

四肢が揃《そろ》い、ついでに内臓まで完備のただのチンピラ、名無しのネモだった。別《わか》れ際《ぎわ》にガガカが言っていた言葉を思い出す。

――『トトが言うには中央広場のイニエールの像、あれのケツを三回叩《たた》くと瞬間移動でイニエールの部屋に連れてかれるらしい。イグニスが居るなら間違いなくそこだとよ。ついでにアタシの武器ももってけ。何が必要になるかわかんねぇ。ついでにチェンジェリーも穿いてけ』

片足と内臓を失いながら自分にそう助言し、リボルバーの拳銃と弾丸を託し、ついでに紐《ひも》パンまで穿かせてくれた義理堅い獣人の姿を思い返し、ネモは拳をグッと握る。

「ぜってーに止めてやるからな」

決意も新たにネモは一路、中央広場に向けて歩を進める。そんな仲間の献身と信頼に心打たれたネモを送り出したガガカは、〝眠らない兎《うさぎ》〟の櫓《やぐら》の上で仰向けに寝転がり、両手の掌《てのひら》を自分の眼前に持ってきてわきわきと何度か開いたり閉じたりを繰り返しながら、先程ネモから肩代わりした情報の中に含まれていた真の狙い〝太田《おおた》芸太郎〟の記憶から、自分の乳を揉《も》まれた時の感触を思い出す。

「これが……アタシの胸の感触……」

そして涙を一筋流すと、今はどこの空の下にいるともしれないトトに向けて大きな声で叫んだ。

「取り返したぞトトォ！　タダで、どさくさで揉《も》まれたアタシの胸の感触、取り返したぞォ！　アタシはまだお前と約束したころのまま、清らかなままの体だァ！」

櫓《やぐら》の上で一人、大きくガッツポーズをする獣人はしばらくうねうねと寝転がりながら小躍りした後、何の心配もないかのようにクゥクゥと寝息を立て始めた。

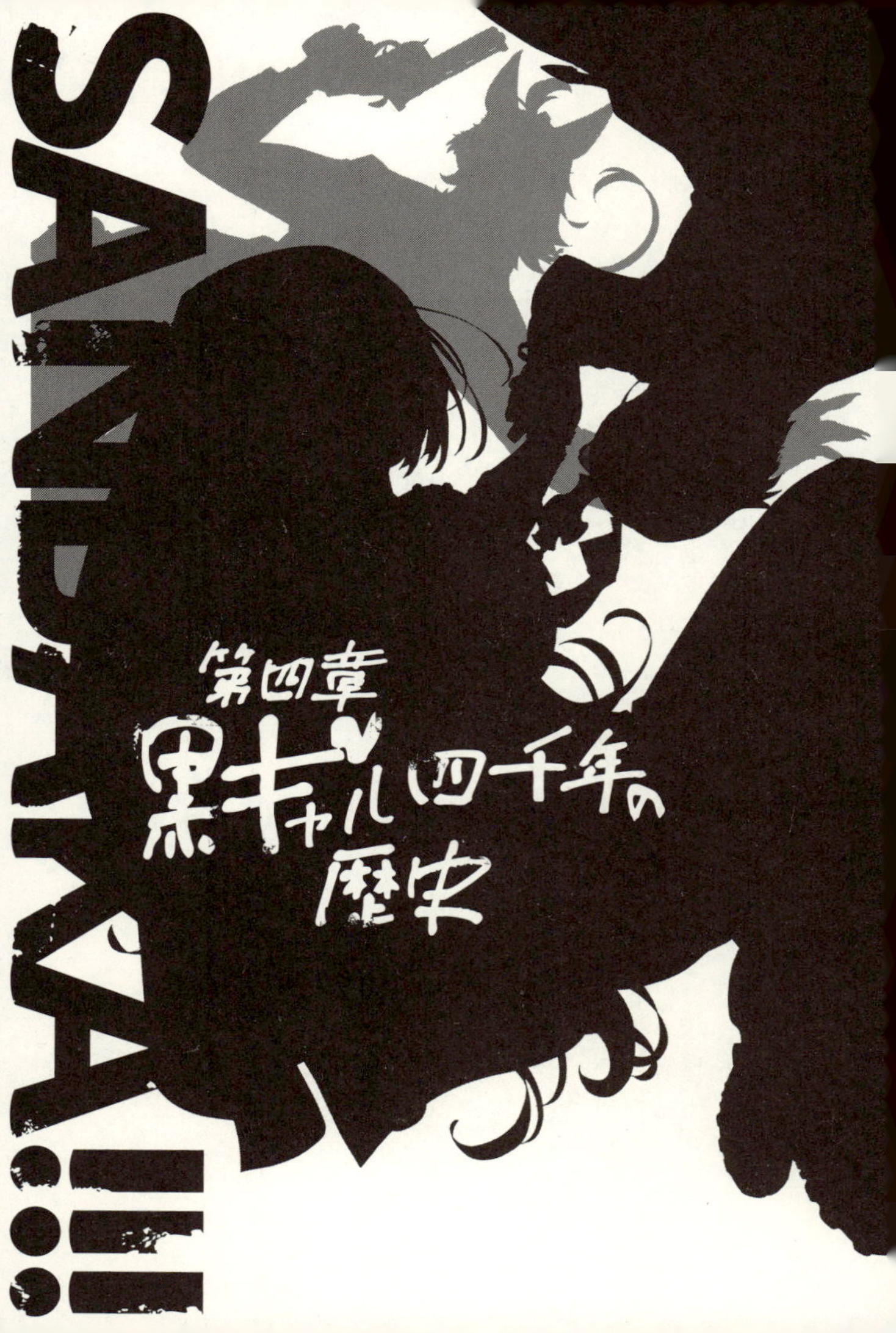

第四章 黒ギャル四千年の歴史

1

中央広場は地獄の様相だった。いたるところに臓器と骨と四肢がばらまかれ、体のパーツを失った人々がそれでも意識を失えずに喚《わめ》く声が辺りに響いていた。

そんな中をネモは歩き、黄金のイニェール像の背後に回る。

「一、二ぃ、三」

ぺしぺしぺしと何とも情けない音が地獄の喚《わめ》き声に混ざったかと思うと、ネモはもうその場にはいなかった。

「おっととと」

ネモは急激に変化した自らの足元によろめいて、辺りを見回す。そこは奇妙な部屋だった。十畳ほどの四角い部屋、そのいたるところに時計が敷き詰められていた。壁一面に掛け時計がずらりと無秩序に並び、その隙間を埋めるように生えた歪《いびつ》な形の棚には置時計や腕時計がこれまた無造作に押し込まれていた。地面にまで相当数の時計が適当に配置され、極めつけにこの部屋の床は巨大な時計の文字盤だった。

「こいつはまた……ヤバそうな部屋だな……」

異質な空間に身震いしながらネモがぽつりと漏らす。その声を聞きつけてか、突然ネモしかいなかった部屋に人影が現れた。肌をこんがりと焼いた黒ギャルの兎《うさぎ》獣人、イニェール・エルネスタ。今回の主犯ともいうべき人物。

「あー、来たんだ☆」

「初めまして、イニェール」

「あはは、礼儀正しいね。あーし今回の騒動の黒幕だよぉ☆？」

「騒動ってほど大したものでもねーだろ。車とウチの恋人が間違ってアンタのところに行っちまっただけだ。返してくれ。ついでにガガカと一緒に亀の外に出してくれ」

「あはは☆　ダメ」

「勘弁してくれ、初対面だぜ？　恨まれるような覚えも無いんだが」

「どこまで本気で言ってんの？　あーしのイグニスに、こともあろうにあーしの敷地《しきち》で手ぇ出して無事でいられるわけないじゃん」

「お前のイグニスじゃねぇ、俺の恋人だ」

「知ったような口を……あーしがどれだけの……」

「分かった分かった聞いてやるから教えてくれよ、お前がイグニスの何なのか」

そう言うとネモはシャツのポケットから煙草《たばこ》を取り出すと火を点《つ》ける。

「その代わり時間がねぇ。煙草《たばこ》一本分の時間で頼むぜ」

吐き出される紫煙を見て、露骨に不快な顔をした後、イニェールは口を開き、四千年前のイグニスとの出会いをネモに語り始めた。

しばらくの間、部屋にはうっとりと過去のイグニスのすばらしさを語る声とネモが煙を吐く音、そしてでたらめな時を刻む大量の時計の音だけが響き渡った。

「てな感じで、あーしはイグニスに命を救われたけど、それ以降会う事はなかったの。そのうち、風の便りにイグニスが力を封印されて、不老不死になったって聞いた。だから死に物狂いで契約書を探して、何とか手に入れたってワケ♡」

「今回会ったのは偶然だったのか？」

「グーゼンだよ☆」

「さいで。まあ些末《さまつ》な問題だ」

「この亀で世界中を探し回ったりもしたんだけどね☆　でも見つからなかった。だから悟ったんだ☆　運命が導いてくれるまでおあずけなんだなーって」

「うーんこのお花畑思考」

ネモがそう言った瞬間、ネモの吸っていた煙草《たばこ》が根本まで燃え尽き、灰がポトリと床に落ちた。

「ちょっとーまぢありえなくない？　あーしの部屋なんだけ……」

イニエールが続ける言葉はネモが抜いた拳銃の発砲音にかき消された。一度、二度、三度、何度も引き金を引かれた拳銃からは硝煙と共に、間違いなく人を殺傷できる威力の弾丸が高速で発射された。

「言ったろ、煙草《たばこ》一本分だけだって。はじめましての礼は尽くしたぜ」

そのまま踵《きびす》を返《かえ》し、イグニスを探そうとするネモの耳に笑い声が突き刺さった。

「ぎゃーっはっはっはっは☆　まぢおかしー♡　そんなんで殺せると思って来たんだ。やっぱチンピラってアタマわっるーいんだねぇ」

振り返るとそこには血の一滴すら流していないイニェールが浅黒い肌を更に黒光りさせて立っていた。

「テメェ……どうして……」

「大方〝契約書〟はトトとララで打ち止めだとでも思ったんでしょ☆？　それは当たり♡」

そう言ってイニェールは懐《ふところ》から古びた羊皮紙を一枚取り出す。

「こいつにはもうあーしの望みを叶《かな》える力は無い☆　だからあーしは常人？　それは間違い♡」

イニェールは羊皮紙の裏からぴったり重なった別の羊皮紙を一枚取り出した。

「なるほど、〝契約書〟は二枚あったってか」

「当たりー♡　こっちはイニェールの〝脳の視交叉《しこうさ》上核《じょうかく》の契約書〟♡」

「え？　なんて？　しこう……さ……？」

「……ちょっとまって、えーっとしこう……しこうか？……しこうさ？……じょー…かく？」

「おい！　お前の秘密兵器なんだからしっかりしてくれよ！」

「うるさい！　ギャルには流石《さすが》に無理すぎる漢字なの！　とにかく！　人体の体内時計を司《つかさど》る部分なの！」

「体内時計……？」

　その言葉と時計だらけの部屋にネモは嫌な予感がした。

「そ♡　あーしがイグニスと再び出会うために最も必要だったものは、運命があーしとイグニスを引き合わせてくれるまで待てる無限の時間だったの☆　この契約書はそれにうってつけでさぁ♡　なんと時間を操る力をくれたんだよねぇ。つまりこんなことも余裕なワケ☆」

　イニェールがパチンと指を鳴らす。それを合図に部屋中の時計がバラバラに動き始めた。機械式時計はゆっくりと針を戻し、デジタル時計は文字が点滅して分からなくなるほどの高速で進む。砂時計の砂は一瞬で全てが落ち切り、かと思えば砂が一粒ずつ重力に逆らい上っていく。

「この力であーしは自分の体の時を止めた。永遠に今のまま、イグニスに出会う日を待ち続けることができるように」

「なるほど、だから銃弾はお前に当たった瞬間、まるで時間が止まったみたいに威力を失ってその場に落ちた訳か」

　ネモは自分の放った弾丸がそのままの形でイニェールの足元に転がっているのを見た。

「そのとーり☆　まぢ最強っしょ♡」

言いながら、イニェールは二枚の羊皮紙をくしゃくしゃに丸めて一気に飲み込んだ。軽薄に笑うその目からは覚悟と凄《すご》みがにじみ出ていた。しかしそんな事で怯《ひる》んでいるネモではない。ネモの肩にはイグニスとガガカの将来まで掛かっているのだ。

「ついでに亀と、その中の時をものすごくゆっくりにしたんだ☆　あーしがイグニスに出会う日までは残っててもらわないといけないからね♡」

その言葉でネモは合点《がてん》がいった。ララと戦った際、ララの能力である改造で体が変化していくスピードが遅かったのは、イニェールのせいだったのだ。

「そりゃ大層な力だ。でもそんな事どうでもいいな。お前が時を操ろうと、俺には関係ない。イグニスを返してくれ。俺の望みはそれだけだ」

「あは☆　返すわけなくない？　あーしがこれだけ会いたくて、会いたくて、三千四百六十二年という時間をひたすらイグニスに会うためだけに費やして、会いたくて会いたくて……」

「黙れ、イグニスは俺の恋人だ。そうである限り、お前はタダのストーカーだ」

パシンと、イニェールがネモの頬を平手で殴った。殺気で目がらんらんと輝き、今にもネモを殺さんとする雰囲気に満ちていた。

しかし、ネモはひるまない。イグニスを、ガガカを助ける為《ため》、一歩も引くことは無い。その様子を見たイニェールは突然笑い出した。

「あっはははははは！　あーおっかし！　恋人だって！　いっちょ前に彼氏面してるよ！　何

も知らねぇ糞《くそ》ネモくんのくせしてさァ！」

「適当吹いてんじゃねぇよ黒兎《くろうさぎ》」

「アンタにイグニスはふさわしくない。ふさわしいのはあーし」

「舐《な》めんな煮《に》卵《たまご》兎《うさぎ》」

「きゃは♡　アンタ空っぽなんでしょ？　故郷も親の顔も自分の名前も知らない名無しのネモ」

「随分と調べてくれてるじゃねーか。イグニスから俺に鞍替《くらが》えか？」

「今は面白おかしく生きるためにイグニスと旅をしてるんだって？　ばっからしい。目的も手段も全部イグニスに貰《もら》ったもんじゃん♡　自分の空っぽをイグニスで埋めてるだけじゃーん☆」

「……人なんて多かれ少なかれみんなそんなもんだろ」

「クスクス。ねぇ糞《くそ》ネモ。イグニスの昔話を教えてあげようか」

「悪いけど俺は彼女の過去は本人の口以外からは聞かない主義」

「いや、お前には聞く義務がある。かつて、イグニスには信者の集団が付いていた。あーしですら到底中に入れない程にイグニスを強烈に信仰する一団が。ねぇ糞《くそ》ネモ、考えた事は無かった？　あんな強大な力を持つイグニスがなぜ、それをやすやすと奪われたのか」

「知らねぇし、知りたくもねぇ。後、勝手に始めてんじゃねぇ」

「信者の人数は九十九人。皆が皆、お前みたいな空っぽな奴等《やつら》だった。一人は生きる意味を、一人は戦う力をってな感じで皆イグニスからもらったなにかで自分の空っぽを埋める卑怯《ひきょう》な奴《やつ》等《ら》だった」

「なるほど、九十九人の信者……ねぇ……」

「そだよー♡　察しがいいじゃん。こいつらは全員イグニスって強烈な光に集まって、それに焼かれて裏切った。私利私欲のためにイグニスを貶《おとし》め、聖女の力を奪い去った。だから似たようなお前もイグニスを裏切る。だからふさわしくない」

「四千年も昔の事を持ち出してよくもまぁ俺のことをそんなふうに決めつけれるもんだ。理由は俺と境遇が似てるからって？　視野狭窄《きょうさく》ここに極まれりだぜ」

「あはっ四千年分の知見だよ。どうせ裏切るの、アンタみたいなクズは。裏切らないのはあーし」

イニエールはその場で羽織っていたローブを脱ぎ捨て、その浅黒い肌をネモの前に晒《さら》した。

「あーしはとっくにイグニスって光に焼かれてる。焼かれて真っ黒に焦げてる。この肌がその証《あかし》。あーしの誇り。お前らみたいな空っぽで、空白の、白紙をイグニスで埋めようとしてるクズ共とは違ってあーしの焦げた肌には、もうイグニス以外入る隙間は無いんだよ♡」

イニエールはにやりと口角を吊《つ》り上げて底意地の悪い笑みを浮かべると大きく首を傾《かし》げた。

それを合図に部屋の壁の一角がまるでそこだけ急速に時間が経過したかのようにボロボロと崩

れ落ち、その下から大きなドアが現れた。

「裏切って、力を奪って貶《おとし》めたのは、自分みたいな空っぽの奴《やつ》でした。それを知った糞《くそ》ネモがイグニスに会ったらどうなるんだろうね？　この先にいるよ。愛《いと》しのイグニスが」

「どうもこうもねぇよ。俺はイグニスを取り戻す。煮卵退治はその後だ」

そう言い残し、ネモはイグニスのもとへと駆け出した。

「できると良《い》いねぇ」

クスクスと笑うイニェール。それはどこか、勝利を確信した笑みだった。

「イグニス！」

「うわぁ！　びっくりした！」

突如部屋に飛び込んで大声を上げるネモをイグニスは場違いにすっとんきょうな声で迎えた。そのいつもの声にネモは少し安心する。

「大丈夫か？　あの黒兎《くろうさぎ》になにもされてないか？」

「何を言っているのですか？　私は世界を治める聖女ですよ？　あんな小娘に何かされるわけがないじゃないですか」

「じゃ、じゃあなんであんなことを……俺はてっきりイニェールに脅されて嫌々してるとばかり……」

「あんなこと？」

「今甲羅の街で起こってる事だよ！　内臓が降って骨と肉がばらまかれてる！　あれはお前の〝左目の契約書〟で起こしてる事じゃないのか⁉」

「ああ、それですか。イニェールが言うには、あの甲羅の街は他人の迷惑も考えず、時を止めたまま連日連夜祭りをやり続ける怠惰と退廃と悪徳に塗れた街らしいので浄化しているだけですよ。相当数が犠牲になるでしょうが、世の平和の為《ため》、仕方がありません」

「お前……何言って……」

「ところで、貴方《あなた》は誰ですか？」

　きょとんとした目をネモに向けるイグニス。ネモの恋人と寸分たがわぬ顔がそこに在った。しかしイグニスはネモを覚えていない。

「イニェール！」

　ネモは吠《ほ》えた。

「いやー、最初は自分の意思で昔のイグニスに戻って欲しかったから、この部屋にイグニスを閉じ込めて時間を加速させたんだ。糞《くそ》ネモさぁ、イグニスと別れて体感どれくらいの時間がたった？　二時間くらい？　多く見積もっても三時間はいかないよねぇ」

　ハイヒールのかかとで木製の床を叩《たた》きつけながらイグニスのいる小部屋にイニェールが踏み込んできた。その顔には先ほどネモが見逃した、勝利を確信した笑みが張り付いていた。

「テメェ……一体イグニスに何を……」

「でもイグニスが過ごした時間はなんと三千四百六十二年！　ちょうどあーしがイグニスを待った時間と同じだけを二人っきりで過ごしたの♡　それくらいたてば考えが変わるかもと思ってさ」

ネモは抑えられない怒りがふつふつとこみ上げて来ているのを感じた。

「でも全然変わんないのね、何をやっても。『昔の自分に戻る気はない。老いて死ぬんだ』、その一点張りでさ。だからもっと単純な方法として、イグニスの脳みその時間、巻き戻しちゃった♡　三千四百六十二年×二で六千九百二十四年分。そしたら見事、あーしの狙い通り、出会った時のイグニスになってくれたんだぁ♡」

ネモはイニエールの胸倉を摑《つか》む。声にならない怒りが全身からあふれていた。

「どーお？　アンタの恋人なんてもうどこにもいないよ♡？　でも安心したんじゃない？　アンタの知らない昔のイグニスに戻ったんだから、安心してイグニスと別れられるじゃん☆　よかったねぇ、裏切る理由ができて♡」

たまらずネモはイニエールを殴り飛ばした。そのままララとの戦いの後からポケットに入れっぱなしになっていたトトのカランビットナイフを引き抜くと、横たわるイニエールに向かって躊躇《ちゅうちょ》なく振り下ろす。

しかし、ナイフの刃先はイニエールの浅黒い肌に触れた瞬間、まるで時が止まったように威力を無くし、刺さることは無かった。

「あは☆　馬鹿じゃないの⁉　だから時間止めてるって言ってんじゃん！　ナイフなんかでどーしよーってのよ！　ほんとにチンピラは頭悪いね！　大学とか行った方がいいんじゃね？」

「クソが！　どーせテメェも行ってねぇだろが！」

ならば再度殴ろうとイニェールに詰め寄ろうとするネモだったが、その腕が背後からねじり上げられ、拘束される。

「女の子に手を上げるとは感心しませんね」

声の主は誰あろう、イグニス・ファルフレーンだった。

「違う！　これは……」

「聞きません。イニェールは辛《つら》い目に遭いながらも這《は》い上《あ》がって来た女の子、お前の様なチンピラなんかより何倍も価値のある存在です。暴力をふるうなんてもってのほかです」

「あは☆　うれしー」

「クソが……」

「貴方《あなた》の様な、平和を脅《おびや》かす存在は今ここで死んだ方が世の為《ため》というものです」

イグニスはねじり上げたネモの手を離して突き飛ばし、地面に転がす。慌てて立ち上がろうとするネモの足は、もうあるべき場所になかった。

「畜生……せっかくガガカに貰《もら》ったってのに……」

目の前にふわふわと浮かぶ自らの左足を見て、ネモは恨めしそうに呟《つぶや》いた。

「元の形がわからないくらいにした方がいいでしょう」

イグニスがそう言い終わらない内に、浮いていたネモの左足は宙に浮いたまま血管、血液、筋肉、筋、腱、骨、と細切れになった。

「うげ☆　あーしあのグロいの嫌いなんだよねー。てことで隣の部屋行っとくね～♡　イグニス、後よろしく♡　そんでネモ……」

イニェールはその長い兎耳《うさぎみみ》を嬉《うれ》しそうにピコピコと動かして、人を小馬鹿にした笑みを浮かべた。

「お前は死ぬとこすら見たくない程嫌いだわ。イグニスに細切れにされて情けなーく死んでね。じゃ、金輪際、おつ～♡」

そう言い残すと部屋のドアを大きな音を立てて閉めた。部屋に残されたのはネモとイグニス、そして空中に浮かぶネモの左足だったモノ。

「左目の力……もう契約書が無くても使えるようになったんだな……」

「契約書？　何を言ってるんです？　なぜだか今は左目の力しか使えませんが貴方《あなた》を殺すくらい造作もない事です」

「知ってるよ。アンタがそいつでケツのでかい獣人をバラバラにするのを見てたからな」

「はて、覚えがありませんが」

「忘れて貰《もら》っちゃ困るな、せっかく俺がアンタに告白した時だってのに」

「忘れたのではありません、そんな記憶は存在しないのです」

「イグニス、アンタの脳みそはどうにも四千年前に戻ってる。現実はアンタが思うより四千年たっていて、アンタの力は封印され九十九の契約書に分かれた。アンタはそれを集めて老いて死ぬための旅をしていて、俺はその相棒で恋人で初キスの相手なんだ」

「病院へ行ってください、いや、今から死ぬから意味はありませんね」

「ハハッ、俺がアンタに最初に会った時に言った言葉だ」

「それに、仮に全て貴方《あなた》の言う通りだったとしても、私はむしろ今、四千年前の脳みそに戻れたことを幸運だと思います。世界はどうやら平和とは程遠い。ならば私が平和を世界に押し付けなければ」

「平和のために俺を殺すのか？　言っとくが俺には帰りを待つケツのデカい獣人が居る。ケツと同じくらい情もデカいいい奴《やつ》だ。俺を殺せばそいつも地獄だ。平和どころの騒ぎじゃねーぞ」

「誰にでも死ねば悲しむ人間というのはいるものです。そして貴方方《あなた》の無念も引き継いで私は世界に平和を押し付けます」

「じゃ、じゃあ、なんであんなイニェールに協力するんだよ、人を人とも思わねぇ大悪人だぞ！」

「彼女はひたすらに私を信じ、探し続けてくれました。それにこの大亀を拠点に世界を征服する計画があると言いました。彼女の能力を使えば造作もないでしょう。それは世界に平和を押し付ける一番の方法です」

ネモの口から乾いた笑いが漏れた。

「はは、とんだ聖女様だ。イグニス、アンタがコイツを嫌いだった理由がよくわかるぜ」

「口に気を付けなさい。今は私がイグニスです」

イグニスが軽く指を振る。それに合わせてネモは腹に違和感を覚えた。そしてそれは胸へ、喉へ、口へ、そしてネモの口をこじ開け違和感はとうとう外へ。ネモの臓器は残らず空中へ浮かんだ。

「へっ、だからやり口が陰湿だってての……」

そうとだけ呟《つぶや》いてネモはその場にどさりと倒れる。満足げに、悪魔じみた笑みを浮かべるイグニスの視線を受けながらネモは倒れたまま、自らの腹に手を当てる。

「もうそこには、ほとんど何も残っていませんよ」

イグニスが嘲りの声で言う通り、自分の腹を押したネモの手はあるはずの抵抗を受けず、ぺたんと、背骨まで到達してしまった。

「はは、スカスカだ……」

「当たり前でしょう。私の力にかかればこの通りです」

「スカスカ……スカスカ……」

ネモは何度も手を当て、自らの腹のスカスカ具合を確かめる。

「スカスカ……スカスカ……スカスカ……！」

そして大きく自分の何も入っていない腹を平手で打った。

「うおおおおおおおお腹《なか》が！　腹がスカスカ！　腹がスカスカ！　肝臓だけでもあんなにスカスカだったのに全部となるともう別次元！　クセに！　クセになるうううううううう！」

「……この力を使うのは初めてじゃないんですが……この状態でふざけ始めたのは貴方《あなた》が初めてですよ。さっきまでのシリアスはどこに行ったんですか」

「うるせぇバーカ！　どうせ死ぬんだったらシリアスもクソもあるか！　俺はこっちが素なんだよ！　うおおおおおおスカスカ……」

「馬鹿はどっちですか……」

「畜生！　イグニスよぉ！　ほんとに何も覚えてないのかよ！　ほらこういう時ってさぁ！記憶はなくしても不思議パワーで体が覚えてるとかなるもんだろ⁉」

「体が覚えている……？　そ、そう言えば貴方《あなた》、私の恋人だって言ってましたよね⁉　一体……一体どんないかがわしい事を行ったというんですか⁉　私達⁉」

「そこまでの事はしてねぇよ！　頭の中身中学生か！」

「してないんですか……」

「なんでちょっと残念そうなんだよ！　あ、そうか！　お前エロいもんな！」

「失礼な事言わないでください。私はエロくないです」

「いいやエロいね、自分で言ってた！　亀が好きだって！　自分がエロいから亀が好きだって言ってた！」

「な、なんでそれを！　それは私しか知らない筈《はず》……という事は……貴方《あなた》が言っている事は真実……？」

「……いや、そうなんだけど……それってもっとこう恋人同士の二人しか知らない秘め事で気付く感じじゃないの？　エロと亀でいいの？」

「しょ、しょうがないでしょう！　しかし、それが何だと言うのです。貴方《あなた》の言葉が真実だとして、私は四千年前の私に戻れたことを幸運に思うだけです」

「おいエロ女」

「はい⁉　誰がエロ女ですか誰が！」

「初キスの味」

「は？」

ネモはとうとう勝機を見つけたとばかりににんまりと笑って言った。

「おいエロ女？　お前の初キスの味はなんだと思う？」

「……したんですか？」

「それは教えません。私は絶対に教えません。知る方法は貴方《あなた》が記憶を取り戻すしかありません」

「どんな味がしたんですか？」

「はい、しました」

「なっ！　ひ、卑怯《ひきょう》ですよ！　初キスの味なんて一番エロくて清純な……一番おいしいとこじゃないですか！」

「そうだよ！　今後どれだけ世界に平和を押し付けようが、お前の初キスの味は一生わかんないままだ！　記憶を取り戻さない限り！　一生お前は人生の一番おいしいとこを知らずに悶々《もんもん》としたまま生き続けるんだよ！」

「ぐ……ぐうう……」

「そんな奴《やつ》が世界に平和を押し付けられるのかなぁ……俺は無理だと思うなぁ……そんな悶々《もんもん》としてる奴《やつ》に押し付けられる平和も世界も迷惑だよなぁ……となると記憶を取り戻すしかないんじゃないのかなぁ……」

「ひ、卑怯《ひきょう》ですよ！」

「こっちは内臓全部抜かれとんじゃい！　卑怯《ひきょう》もクソもあるかぁ！　さあ選べ、記憶を取り戻して色んな意味で一番おいしい初キスの味を思い出すか！　悶々《もんもん》としたまま世界に平和を押し付けるか！」

「……」

「初キスか！　平和か！」

「うううううわああああああああああ！」

二者択一のプレッシャーに押しつぶされたイグニスは泣きながら大声で叫んだ。

「初キス!!!!!!!!!!!!!!!!!!」

「よっしゃあ！　それでこそイグニスだ！　そうときまりゃ！　早いとこ俺の足と内臓を元に戻してもらおうじゃねぇの！」

「初キス、一番清純で、ほどよくえっちな罪の味……世界の皆さんすみません……私イグニス・ファルフレーンは聖女でありながら……でも……」

ぶつぶつと呟《つぶや》くイグニスが指先をクイとうごかすと宙に浮かんでいた内臓と細切れになった足が続々とあるべき場所に戻っていく。

「ああ、お帰りマイボディ……」

全てのパーツが揃《そろ》った自分の体をネモは愛おし気に抱きしめる。

「それで、記憶を取り戻す方法はあるんでしょうね」

「まあぶっちゃけ初キス選んだ時点で記憶戻す意味ある？　って気はしてるんだけども」

「はぁ!?――もっかい内臓全部ぶち抜きますよ!?」

「悪い悪い。しかしアンタやっぱりイグニスだよ。どんだけシリアスな状態でも全力でうやむやにしようとしたらうやむやになってくれるとこがほんとにイグニスだよ」

「はぁ？　何訳の分かんないことを……」

「思い出したらわかるさ。記憶を戻す方法だったよな？　一つ、心当たりがある」

ネモは以前聞いた、イグニスの不死の秘密を思い出していた。

「詳しい理由は俺馬鹿だからよく理解できなくて省くが、とりあえず今から俺の銃でイグニスの頭をぶち抜きます」

イグニスの鉄拳がネモの顔面に炸裂《さくれつ》する。

「馬鹿ですか!?　死んじゃうじゃないですか！」

「死なない、死なない、死なないの！　四千年後のイグニスは不死になってるの！　頭を撃ち抜かれても再生して生き返るの！」

「なんだ、そんな事は早く言ってください」

「殴られる前には言うつもりだったよ。痛てて……」

「それでどうやって記憶が戻るんですか？」

「何でも再生する時に強く念じて自分を騙《だま》す事で修正の方向をコントロールできるらしいんだ。だから、俺に撃たれた時、今の自分は正常じゃない、四千年後の記憶を持った自分こそ正常だって強く、強く自分を騙《だま》すくらい信じて欲しい訳。そしたら記憶も戻る」

「なるほど、原理は理解しました。以前の私はどれくらいの確率で成功すると言っていましたか？」

「成功率ゼロだって言ってたな」

「ダメじゃないですか！」

再びネモの顔面にイグニスの鉄拳が炸裂《さくれつ》する。

「痛っつぅー……でも他に方法がねぇんだよ……」

「……しょうがないですねぇ……初キスの為《ため》です」

イグニスは覚悟を決めたようだった。自分で言ったことながら、初キスの為《ため》という言葉の間抜けさにネモは肩ががっくりと重くなるのを感じながら、持参したコルト・ガバメントの弾倉を抜くと残弾を確認し、スライドを引いて薬室の中に弾丸があることを視認した。

「イグニス、さっきの話なんだけどな、今のアンタは覚えちゃいないが、お前に告った時ってのは、状況がヤバくて何とかしてうやむやにしないとと思って告白したんだ」

緊張をほぐそうとしているのか、ネモはぽつりぽつりと話を始めた
「酷《ひど》い理由ですね」

そんなネモの様子に気付いたのか、イグニスも平静を装《よそお》って反応を返す。ネモの口から苦笑が漏れた。

「ああそうだ。酷《ひど》い理由だ。多分、だから今こんなことになってんだと思う。やっぱり恋愛ってのは相手のことをしっかり知ってちゃんと好きになってからじゃねーと大惨事だ」

「今はどうなんですか？」

「正直、イグニスの事をしっかり知れてるとは思ってねーよ。でもちゃんと好きだ。三ヶ月一緒に旅して、祭りを回ったり、キスしたり、それだけだが。惚《ほ》れっぽい男で悪かったな」

「呆《あき》れた物言いですね。ならば今、未《いま》だ四千年前の私のことを、それを含んだ四千年後のイグニスのことをよく知らないまま好きだと宣《のたま》っている貴方《あなた》の感情は妄想の産物という可能性もあるわけですか？」

「そうかもしんねぇよ。でも、俺が腹割って話して、理解しなきゃいけない相手はお前じゃなく、四千年後のイグニスだ」

「ふふっ、私、今初めて四千年後の私をうらやましく思いましたよ」

「そいつはどーも。それと俺は今回あるガキに教えられたことがあってな……」

ネモは四十五口径の重たい銃を構える。もちろん銃口の向く先はイグニスの額だ。

「自分の妄想を信じられなくなったら人生おしまいなんだとさ。俺もそれには完全に同意だ」

「言えてますね。私もその意見は好きですよ」

「世界に平和を押し付けるなんて誇大妄想の四千年前のイグニスならそうだろうな。だから俺だって信じる、アンタが自分を騙《だま》しきることを」

「ええ、世界に平和を押し付ける女です。自分に妄想を押し付けるのなんて朝飯前ですよ」

「言ってくれるぜ」

そう言うと同時に、乾いた銃声が一発、狭い室内に響き渡った。倒れるイグニス。銃弾は確かにイグニスの額の中心を穿《うが》ち、その穴はみるみる塞がっていく。

「イグニス！　おいイグニス！」

不死という事も忘れ、何度も声をかけるネモ。そんな彼の胸倉を突如イグニスの手がぐいとつかみ、その目がバチリと開かれた。

「やあネモくん。前世ぶり」

「イグニス……！」

「初キスの味はバナナでしたよ！　このクソ彼氏が！」

イグニスの鉄拳が三度《みたび》、ネモの顔面に炸裂《さくれつ》し、三度目にして耐え切れなくなったネモの鼻から綺麗《きれい》な鮮血が噴き出した。

2

「さてとネモくん。どうでしたか？　四千年前の私は？」

「サイテーだね」

「幻滅しましたか？」

「勿論《もちろん》」

三度の拳骨《げんこつ》を顔面に貰《もら》い、噴出した鼻血を止めながらネモは次々と答えた。

「……すいません。迷惑おかけしました」

「いーよ。アンタのブレーキ役が俺の仕事だ」

ネモは鼻に差したティッシュをうっとうしそうにしながら煙草《たばこ》に火を点《つ》けた。

「悪いけど聞いたぜ。アンタの過去。俺みてぇな奴等《やつら》に裏切られて力を奪われたって」

「聞きましたか……全く恥ずかしい話です」

イグニスはバツが悪そうに鼻頭を掻《か》いた後、意を決したような顔をしてネモに向かって口を開いた。

「ねぇネモくん。聖女の契約書の作り方は聞きましたか？」

「いいや」

「……まずは暗く、光の入らない地下室の一面に聖女の力を封印するまじないを施します」

「まじないねぇ……どんな？」

「封印しようとする術者本人が考えた聖女を罵倒し、辱《はずかし》め、地に落とすような言葉を術者の生き血で書くのですよ。壁も天井も床も、一面が血の滴《したた》る文字で埋まるように」

ネモは言葉が出なかった。イグニスの言う通りならば、イグニスの信者は自らの血を絞り、知恵を絞り、イグニスを貶《おとし》めたのだ。

「その部屋に聖女を連れ込み、拘束します。光が一つもない、真の闇の中から動けない私に向かって伸びてきた二本の腕が、荒い息で、乱暴な手つきで、私の体にべとりと一枚の羊皮紙を張り付けました」

イグニスの語りが徐々に主観に寄ってきていることにネモは気づいたが、声をかけるのははばかられた。

「その羊皮紙を張られた瞬間、これは何の儀式なのか私にはわかりました。張り付けられた部分から私の力が奪われていくのが感じられましたから。必死に抵抗しました。抵抗したと言っても、自由に動かせるのは口ぐらいのものでしたけどね」

自嘲の笑いを浮かべるイグニス。「笑えねーよ」と笑い飛ばす言葉をネモは呑《の》み込んだ。今だけはきっと茶々を入れるのは間違っていると思った。

「名前を……呼びました。私をあの部屋に呼び出した九十九人の信者一人一人の名前を。レダック、ヒューイ、ジュニッパ……そして頼みました。懇願しました、哀願しました。こんなことはもうやめてくれと、貴方《あなた》たちは誠実で優しい人達ではないですかと。暗闇から無数の手が生えてきて、私に羊皮紙を張り付けました」

ネモは口を開けなかった。

「契約書を用意し、力を奪ったら、残る仕事は署名です。鋭いペン先が羊皮紙越しに私の体に突き立てられました。強く強く、血がにじむほど強く。そして、にじんだ私の血をインク代わりに、彼らは契約書に自らの名前を書いたのです」

想像もしたくない光景がありありとネモの脳裏に浮かんでくる。

「先ほど呼んだ名前が、次々に痛みとともに私の体に刻まれて、その羊皮紙がベロリとはがされたかと思うと、また新たな羊皮紙が張り付けられ、名前が刻まれる。すべての処理が終わった後に残されたのは、拘束を解かれ、部屋から出るのにも一苦労するような聖女の搾りかすだけでした。これが聖女の神話の本当の顚末《てんまつ》です」

「……悪ぃな。そんな話させて」

「自らの素行の悪さで、信じてくれていた優しい信者達にこんなことをさせてしまった女が、四千年前の私です」

「悪ぃが、その話を聞いたところでクソなのは裏切った信者だし。俺はそんな奴等《やつら》とは違う」

言い聞かせるようにネモは言う。誰に、なのかはネモにもわからなかった。

「私もそう思ってました。でも、地続き……なんですよ。さっきまで四千年前に戻っていた今だからこそよくわかります。あの私も、私なんですよ。ネモくんのような人を裏切らせてしまった私が果たしてネモくんを裏切らせずにいることができるでしょうか？」

「イニエールもだが、アンタもそうだ。視野狭窄《きょうさく》だよ。お前を裏切った信者と俺は別人だ。よーく聞けよ。四千年後の、別人だ」

「そうかもしれませんね。でも、聖女の契約書を、過去の私の欠片《かけら》を集めるという事は……今みたいなことが沢山起きるという事なのかもしれません。過去の私に近づくという事なのかも……この亀に入ってからでももう二度、ネモくんに見せたくない、昔の私の姿を見せてしまいました。そんな姿を晒《さら》してネモくんに嫌われる女になり下がるくらいなら……この旅は、今の面白おかしい思い出のままで終えてしまったほうがいいのかもしれません」

苦しい、途切れ途切れの言葉でイグニスは絞り出すように言った。

「甲と乙の間で一度成立した恋人関係の破棄には両者の合意をもって……いや違うな。今はうやむやにする時じゃねぇな」

そう言うとネモはおもむろに立ち上がり、イグニスを抱きしめた。

「俺と、四千年前の信者と何が違うか。俺はお前を崇拝しない。ラーメンも取り合うし、一緒に祭りだって回る。下着も見るし。バニースーツだって見る。この先だってお前に色々とコスプレをさせては視姦《しかん》して楽しむだろうぜ」

「やらしい男ですね」

「優しい男だよ。お前の言葉じゃねぇか。そんでもって四千年前のクソ信者との一番の違いを教えてやる」

珍しくネモは次に発する言葉を決めていた。亀の内臓の中で状況をうやむやにするために吐いた言葉をただただ相手を慮《おもんぱか》るために使おうと、決めていた。

「俺はお前の恋人だ。俺にとってのイグニスは出会ってからの三ヶ月間と、亀の中で見て、聞いて、知った四千年のイグニスだ」

ネモの腕の中でイグニスが細かく震える。

「お前にどんな過去があろうとたかだか四千年と三ヶ月。全部まとめて面白おかしく思えない程、今のイグニスが選んだネモくんの器は小さくねーんだなこれが。残念だったな、俺達の面白おかしい旅はまだまだ続くんだよ」

優しく微笑《ほほえ》むネモの口に咥《くわ》えた煙草《たばこ》から紫煙が漏れる。それは薄く立ち上り、儚《はかな》く揺らめいて消えた。

「全くとんでもない欲張り彼氏ですね、ネモくんは」

ずびずびと鼻を鳴らしてイグニスは言う。

「そんな、最低の彼氏のネモくんに、さっそく私の……今の私と、そして四千年前の私のわがままを一つ、頼みたいと思うのですがどうでしょう？」

「ばっちこいだよ、かかってこい」

3

埋め尽くす時計が各々《おのおの》でたらめな時を告げる大きな部屋にイグニスが一歩足を踏み入れる。

その足音だけで耳をぴょんと跳ねさせた黒兎《くろうさぎ》、イニェールが飛んできた。

「おつおつー☆　イグニス悪いねぇ、あんなチンピラの始末を頼んじゃって。つかれたっしょー、飲み物ある……よ……」

「気を使わせて悪ぃなイニェール。貰《もら》うわ」

イグニスの後についてのそりと出てきたネモを見てイニェールは言葉を失った。

「なんで……！」

「愛の力だよ。愛の力」

にやりと笑ってネモは言い放つ。

「こんの糞《くそ》野郎！」

その態度に怒りの沸点を越えたイニェールはもんどりうってネモにつかみかかるが、イグニスがその間に割って入る。

「やめてください、イニェール」

「黙れ！　アンタはイグニスじゃない！　すぐに元に戻してやる！」

「無駄です。いくら私の脳みそをいじったところで、一度死んで生き返れば元通りになります」

「そんなコスい手を使ってあーしのイグニスを……！」

「うるせーなぁ、愛の力なんだよ」

「黙れチンピラ！　お前だけは絶対に許さない！　何が愛だ！　ぶっ殺してやる！」

「おう、こっちだって恋人の頭の中いじくりまわされた恨みがある。四千年前のカス共と同列に扱われた怒りがある。テメェなんてぶっ殺してやるからかかってこいやって言いたいとこだけどな、ダメなんだとよ」

「はァ⁉」

「イグニスがな、ダメだって言うんだよ」

「イグニスはそんなこと言わない！」

「それは四千年前のイグニスだろ？　今のイグニスは言うんだよ」

「言わない！　自分に敵対して、ここまでやらかした相手をイグニスは許したりしない！」

口から唾を飛ばしながら、半狂乱になってイニェールは叫んだ。耳をつんざくようなその金切り声に眉根一つ動かさずにイグニスは静かに言葉を発する。

「イニェール。私は貴方《あなた》を許します」

「やめて！　そんな事言わない！」

「いい加減にしろ。諦めろ。認めろ。今のイグニスはお前を許すんだ。今のイグニスだからお前は生き延びるんだ」

「うるさい！　あのイグニスに会えないならこんな命意味なんてない！　せめてイグニスが殺してよ！　殺さないなら能力と亀を使って世界なんて滅茶苦茶《めちゃくちゃ》にするよ！」

「好きにしろよ。イグニスが許すって言うのはそういう事だ」

「〝契約書〟！　イグニスは……今のイグニスは〝契約書〟を集めて老いて死にたいんでし

よ!?　あーしはもともとただの獣人！　〝契約書〟の時止め無しじゃ生きてられない！　あーしを殺さないと契約書は……」

「だからよぉ！」

しびれを切らしたネモがイニェールの胸倉を掴《つか》んだ。

「イグニスはテメーの為《ため》に！　その望みも諦めるって言ってんだよ！」

「なん……で……。だって、だって三千四百六十二年間、二人でいる間ずっと言ってたじゃん！　その為《ため》に生きてるって言ってたじゃん！」

「……ごめんなさい、イニェール。貴方《あなた》の望む昔の私に戻ってあげることはどうしてもできません。貴方《あなた》に渡せるものは、許しくらいしかありません。私は奪われた契約書を取り戻すことが過ぎた望みだとも思いませんし、私にはその権利が十分にあるとも思っています。でも……それより貴方《あなた》に生きていて欲しいんです」

「なんで……なんで……」

「イニェール、貴方《あなた》はあんなどうしようもない私を信じて、裏切らずにいてくれた唯一の人。それだけでは不足ですか？」

そこまで言われたイニェールは膝から崩れ落ち、肩を落としてうなだれた。それに寄り添い、ひざまずいて零《こぼ》れ落《お》ちる涙をぬぐうイグニスの姿は、四千年前の世界に平和を押し付けていた時とはまるで違う、レイエスのゴミ捨て場で出会った時や市長ガルニダの冥福を祈ったときに見た本物の聖女の姿だと、ネモは思った。

4

「それでは、私達は行きます。達者に暮らしてください。イニェール」

涙が止まった代わりにイグニスにもネモにも視線を合わさず一人不貞腐《ふてくさ》れたように部屋の隅で座り込むイニェールに向けイグニスが最後の言葉を告げる。

「……」

それでもイニェールは答えなかった。少し寂しそうな顔をして、イグニスは部屋を後にする。

「おい！　最後だってのに一言も無しかよ！」

イグニスが出て行ったというのに、煮え切らない態度のイニェールにしびれを切らしたネモが怒鳴り、その腕を摑《つか》む。

「今ならまだ間に合う！　追っかけてってせめて一言くらい……」

そのネモの言葉にイニェールはなにかを決心したかのように大きく息を吐き、言葉を吐いた。

「やっぱさー☆　許せねぇわ」

「は？」

「イグニスが昔に戻らないのも……」

振り向いたイニェールの顔は見る者を戦慄させる凄惨な笑顔だった。

「クソチンピラの物になるのも納得いーかない！」

言うが早いかイニェールは大きく跳躍し、頭上からネモに襲いかかった。

「テメェ！　諦め悪いにもほどがあんだろ！」

「うるせー糞《くそ》ネモ！　お前はイグニスにふさわしくない！」

イニェールの手にはいつの間にか白刃煌《はくじんきら》めくナイフが握られていた。

「グッ！」

そのナイフをとっさの反応で抜いたコルト・ガバメントで何とか受けるネモ。銃とナイフの鍔迫《つばぜ》り合《あ》い。その極至近距離の力比べの最中、イニェールはネモだけに聞こえる様、小さく小さく呟《つぶや》いた。

「おい、糞《くそ》ネモ。あーしはイグニスを諦める。そんでもってイグニスには望みを諦めて欲しくない」

「はぁ⁉　テメェ言ってる事とやってる事が……！」

「うるさい、でかい声出すな。イグニスに聞こえるだろうが」

イニェールが兎《うさぎ》獣人の強力な脚力でネモの腹を蹴り飛ばす。みぞおちにクリーンヒットしたその攻撃の激痛に悶絶《もんぜつ》し、手にしていた拳銃を手放して倒れるネモ。息つく間もない追撃のイニェールのナイフを今度はポケットから抜いたトトのカランビットナイフで受ける。

「黙って聞けよ糞《くそ》ネモ。この部屋は壁が薄いから。ドアの外にいるイグニスには絶対に聞かれたくない話なワケ」

ネモは答えない。イニェールの言葉に従った訳ではなく、ナイフを受けるので精一杯でそれどころではなかったからだ。

「〝契約書〟はもうあーしを殺さないと手に入らない。でもあーしを許すとまで言ったイグニスがそんなの受け入れるワケない。あーしのせいでイグニスが悲しむのは見たくない。たとえ死んだ後でも」

「随分と殊勝な心変わりじゃねぇか。信じられる訳ねぇだろ。何がお前をそうさせたんだよ」

獣人の怪力に押され、手をプルプルと震えさせながら、それでもネモが何とか小声で唾を飛ばす。

「はは☆　糞《くそ》ネモほんとは分かってんでしょ？　好きで、好きで、恋い焦がれてた相手に、イグニスに、「望みを諦める」なんて大きなもの貰《もら》って、満足しない奴《やつ》はいないってーの。それにさ……」

イニェールは一度ナイフを引き、大きく後ろへジャンプすると部屋の中央に立ち両手を広げると大声で叫んだ。まるで、ドアの外にいるイグニスに聞かせたいと言わんばかりの大声で。

「自分の望みをかなえるってのはさ♡！　それがどんな身勝手でどーしようもない事でも♡！　大亀を作る事でも♡！　行きたいところに行けるようになる事でも♡！　時を操ってイグニス

を三千四百六十二年拘束する事でも♡！　脳みそいじって昔に戻す事でも♡！　サイッコーに気持ちよくてたまらないんだよ♡！」

　イニェールは跳躍し、三度《みたび》ネモに襲い掛かると今度は小声でささやいた。

「だからさ☆　イグニスにもその気持ち良さを味わってほしいワケ。貰《もら》ったなら、返さなきゃ。今のあーしに返せるものはそれくらいしか無いっしょ☆」

「テメェ……」

「あはっ☆　糞《くそ》ネモ、あーしが死んだ後でもこのことはイグニスにだけは絶対にばらすんじゃねーぞ♡」

「だったら攻撃やめろや！　それにお前時止めてるから死なねーだろ！」

「それは糞《くそ》ネモへの試練に決まってんじゃーん。イグニス寝取ったチンピラだからフツーに嫌いだし……」

　イニェールは鍔迫《つばぜ》り合《あ》いするネモの顔へ更にその口を近づけて妖艶《ようえん》な笑顔で囁《ささや》いた。

「こーんな大事な土壇場《どたんば》で、八百長《やおちょう》無しじゃイグニスを守れない男なんかに、安心してイグニスを任せられるわけないじゃーん♡」

「言ってくれるぜ！　クソ兎《うさぎ》！」

　ネモが何とかイニェールを弾《はじ》き飛《と》ばしてその顔面を殴りつける。イニェールがひるんだ隙にネモは駆け出し、先ほど落としたコルト・ガバメントを拾うと、イニェールに向け弾倉内に残っていた弾を全て連射する。

「もう残ってる武器はそれくらいしかないねぇ！　でも残念！　効かないんだよ！」

ばらばらと、イニェールに当たったはずの弾が威力を失い落下する。

「ネモくん⁉　どうしたんですか⁉　さっきの大声は！　それに銃声も！」

ドアの外にいたイグニスが室内の大騒ぎを聞きつけ大慌てで駆けつける。部屋の状況を見たイグニスは一瞬で状況を察し、なんとか加勢しようとするも……。

「手出すんじゃねぇ！」

ネモの一喝で動きを止めた。

「ネ……ネモくん？」

「これは……俺とイニェールの問題だ」

「あは☆　よくわかってんじゃん糞《くそ》ネモ」

にやりと笑いをこぼすイニェールを見ながら、ネモは十分な距離を取り次の一撃に備える。

いや、備えるだけでは足りない。イグニスを手に入れるためには目の前の黒兎《くろうさぎ》を倒さなければならないと今まさに自分で宣言したようなものなのだ。ナイフを握る手を返し、攻撃の意思を自らの両手に宿らせる。

「少しは男の面構《つらがま》えになってきたじゃん、でもそれくらいじゃ！　やっぱイグニスにふさわしいとは言えないねぇ！」

「うるせえ！　誰が来てもそう言っただろテメェ！」

「アッハァ！　よくわかってんじゃん！」

イニェールの足の筋肉が歪《いびつ》にボコリと盛り上がり、床をたたきつける。人間の走り出しと同じ動作、しかしイニェールが、兎《うさぎ》獣人が、その野性をむき出しに行えばそれは超音速の瞬間移動と大差なかった。

時計の文字盤を模した洒落《しゃれ》た床材がえぐれ、見るも無残な穴ぼこになり果てる爆発音がイニェールの攻撃に一瞬遅れて部屋中に響く。その時にはもう、ネモの左肩にはイニェールの持つナイフが深々と突き刺さっていた。超音速の衝撃をまともに受けたネモはそのまままもんどりうってイニェールごと地面に叩《たた》きつけられる。

「ハァハァ……本音はさぁ、イグニスはあーしの物にならなくてもいいけど、誰の物にもなって欲しくないんだ」

仰向けで地面に叩《たた》きつけられたネモに馬乗りのイニェール。その黒い肌には深紅の血が幾重にもにじんでいた。超音速の突進はその代償に、イニェールの誇りである黒い肌をずたずたに切り裂いていた。

「痛ぇんだよ……色々とな……」

ネモは肩に突き刺さるナイフとイニェールの突進をまともに受けた激痛で顔を歪《ゆが》めながらもイニェールの首に下から右肘をかけると自らに引き寄せがっちりとホールドした。はた目にはネモがイニエールを抱きしめているようにも見えた。

「熱烈じゃん、あーしと浮気《うわき》でもすんの？」

「冗談言うなよ、黒兎《くろうさぎ》。俺はイグニスを裏切らねぇ」

ネモは笑みをこぼしながら痛む左手で腰に差していたもう一丁の拳銃、ガガカから預かったコルト・アナコンダを引き抜いた。

「ははっ☆　長かったねぇ、色々と♡」

「お前が長生きしすぎたんだよ、黒ギャルブームは終わったぜ。〝神殺しのシルバーブレット〟入りのガガカの拳銃だ。こんだけがっちり捕まえてりゃ、その兎《うさぎ》の脚力でも逃げられねぇぞ」

その言葉を聞くと、イニエールはネモにだけ見えるように満足そうに頷《うなず》き、体の力を抜くと、ネモにもたれかかり、ネモの手を強く握ると、銃口に自ら身を寄せた。

引き金に掛けた指に力を入れる一瞬、イニエールはネモの耳元で小さく呟《つぶや》いた。

「イグニスの望み、絶対叶《かな》えてやれよな☆　ネモ♡」

瞬間、発射されるシルバーブレット。淡く光る銀色の弾丸は獣の咆哮《ほうこう》のような、美しい楽器の音色のような、到底この世の物では喩えようもないほどの奇妙な音を立てて神をも殺すその威力を発揮した。

「……ったくよぉ、最後の最後にとんだ茶番に付き合わせやがって……」

どさりと、脱力したイニエールの体が地面に落ちる。

「でもま、同じ女に惚《ほ》れたよしみだ。イグニスには黙って、悪人のまま逝《い》かせてやるよ」

ネモは駆け寄ってくるイグニスには聞こえないように、小さく小さく呟《つぶや》いた。

「ネモくん大丈夫ですか⁉」

駆け寄ってきたイグニスを確認すると、ネモは肩の力を抜き大の字に寝転んだ。

「大丈夫なもんかよ、太っといナイフが肩にずっぷしで体がばらばらになりそうなほど痛ぇ。重傷だよ」

「軽口が言えるなら大丈夫です。それでイニェールは……」

ネモに被《かぶ》さる様に倒れるイニェールの死体に目をやるイグニス。その体は徐々に砂と化してぼろぼろとこぼれ始めていた。

「シルバーブレットでイチコロだよ。ったくアンタもどうかしてるぜ、最後の最後までこんな悪あがきするゴキブリみたいな悪人女を一度とはいえ許すなんてよ」

「すみません……」

「全く、ホントーにしぶとい、最悪で邪悪な黒ギャルだったぜ。もうほんと最低！　クソ！　もう一回死んでほしい！」

「なんか無理矢理悪く言ってないですか……？」

「そ、そんな事ねぇよ」

「それに、契約書の能力を使えばいくらでも逆転は可能なはずですし、そもそもイニェールはガガカの存在もシルバーブレットが持ち込まれていることも知っていました。彼女は黒ギャルですがそれらを忘れる程抜けた女性でもなかったと思うのですが……」

「そ、それはアレだ！　俺がこう……上手《うま》い事あの悪女の思考を誘導したわけよ。お前の愛《いと》しのネモくんはそういう戦いの最中の心理戦でこそ真価を発揮するんだ！　元チンピラだから！」

「はぁ……」

訝《いぶか》し気な態度のイグニスから大慌てで視線を逸《そ》らし嘯《うそぶ》くネモ。尚《なお》も追及のジト目を向けて来るイグニスから逃げるために大慌てで煙草《たばこ》を咥《くわ》えた。

「ったく、何が試練だ、随分とハンデくれやがって……あの黒ギャルが……」

「え、何ですか？」

「え？　いや！　なんでも!?　痛てて」

煙を肺一杯に吸い込んだ途端、イニェールとの激戦の痛みがネモを襲った。

「だ、大丈夫ですか!?」

「あ、ああ。とにかく！　不幸中の幸いだ。こんな女の為《ため》にイグニスが望みを諦める事なんてねーよ」

ネモは体を起こし、痛みをこらえながらもう完璧に砂と化したイニェールの死体を漁《あさ》る。

「イニェールが死んで、止まっていた時が動き出して一気に風化したのですね……」

「そうみたいだな、探しやすくて助かるよ」

ネモの手の動きに合わせて中から二枚の古びた羊皮紙が顔を出した。

「ほらよ、イニェールの持ってた〝聖女の契約書〟だ。一枚は……なんか脳の変な名前言ってたが、もう一枚はアンタのどこなんだ？」

「……所有者の望みを叶《かな》える〝右手の人差し指の契約書〟です。なるほど……これで一つ合点《がてん》がいきました」

「なにが」

「彼女が最初に望んだ時に、ララが生まれたと聞きました。次に望んだ時にはトトが。この契約書は本人の自覚していない望みまで叶《かな》えます。彼女は……結局人恋しかっただけなんですよ。傍《そば》にいてくれる人が欲しかったんですよ。私なんかに固執しなければ……きっと幸せな人生を送れていたでしょうに……」

寂し気に曇るイグニスの表情を見て、きっとイニェールはここまで想定していたのだろうなと、ネモはなんとなく思った。

「いいや、アイツは最後の最後まで俺を襲う様な邪悪で小物な悪人だった。だからこれはアイツの自業自得《じごうじとく》で、イグニスが気に病むことは何一つない」

ネモはそう言い切った。イニェールはきっとそう言って欲しいのだという確信を込めて。イグニスは何も返さず部屋には沈黙だけが残った。

エピローグ
黒ギャルどもが夢の跡

1

「おいイグニス！　もっと飛ばせぇ！」

「うるさいネモくん！　これでももう床が抜ける程アクセル踏み込んでるんですよ！」

車のライトが照らす先はピンク色の肉壁がてらてらと光る亀の内臓のどこか。

遠くで、近くで何かが崩壊する轟音《ごうおん》が絶え間なく響く中、深緑色のシボレー・シェベルSS396はがりがりとボディを内壁にこすりつけながら、いつ崩れてなくなってもおかしくない真っ暗で不安定な生きたトンネルの中を爆走していた。

「畜生め！　なんで車で脱出してんだよ！　せっかく取り返した〝右手の人差し指の契約書〟で何でも出せるんだからもっと気の利《き》いたものを出せばよかった畜生！」

「ネモくんが悪いんですからね⁉　無くした車をどうしても取り返したいって駄々こねるからじゃないですか！」

「だって急に亀が崩壊し始めるとは思わねーじゃねぇか！」

「イニェールが死んで止まってた時が動き出していると言ったでしょうが！　この亀だって、甲羅の街だって、中の人だって数千年前からの置き土産です！　本当はとっくに耐用年数オーバーなんですよ！　崩壊するのは火を見るより明らかでしょうに！」

「イグニスだって「いい案ですね」とか言ってたじゃねぇか！　忘れてただろ！　全部ぶっ壊れる事なんて！」

「ああ忘れてましたよ！　ごめんなさい！　これでいいんですか⁉　満足したらさっさと逃げ道探してください！　こっちは体が痛くて動けないとか言うクズチンピラネモくんの為《ため》にわざわざ運転してあげてんですから！」

「お前が運転したいって言ったんだろうが！　怪我《けが》に障《さわ》りますとかどーとか言ってよ！　てか誰がクズチンピラだ！　彼氏に向かってそんな言い方はねぇだろうが！」

「ダーリン！　逃げ道探して！」

「分かったよマイハニーー！」

やけくそになりながらそう叫ぶネモとイグニスの目にふと、見たことがある穴が飛び込んできた。

「い、今の穴！　見たことがある！　曲がって！　穴の方に行って！」

「分かってます！　舌噛《か》まないでくださいよ！」

四つのタイヤをギャルギャルと鳴かせながらドリフトを決め、何とか今見えた穴の方に進路をとる。

「俺達が見たことがあるって事は、この道の先は亀のクソ穴だ！　直進すりゃ外に出られるぞ！」

「総《そう》！　排《はい》！　泄《せつ》！　腔《こう》！　ですよ！」

「生きて出られるならどっちでもいいよ！」

「ネモくんが死んでも私は不死だから生きてますけどね！」

「なら俺の死体は綺麗《きれい》で可愛《かわい》いお花が沢山咲いた墓地に埋葬してくれよな！」

「何を馬鹿な事を！　ネモくんが死んだら私は生きてなんていけません！　埋葬する暇もなくシルバーブレットで頭ぶち抜いて後を追ってあげますよ！」

「うおおおおおおおお愛してるぜマイハニー!!!!!!」

「私もですよ!!!!!!　ダーリン!!!!!!」

二人の叫びと共に、車は亀のアナルから外に飛び出した。

2

沈みゆく陽が荒野を照らし、全てをオレンジ色に染め抜いていた。その中で巨大な亀が断末魔の声も上げずに膝を折り、派手な砂煙を立てて大地に倒れ伏した。

その体は徐々に砂となり、砂煙に紛れてその姿をどんどんと薄くしていった。

そんな雄大で物悲しい姿を、ネモとイグニスはシボレー・シェベルのボンネットに腰かけて、見るともなく、眺めていた。

「邪悪な黒ギャルどもが夢の跡だなこりゃ」

「ネモくん、私はあの亀も消えて欲しくなかったんですよ……」

「ああ、お前亀好きだもんな」

「ええ、エロいですから」

ネモは吸い終えた煙草《たばこ》を踏みつぶして立ち上がると、亀に背を向け、助手席のドアに手をかけた。

「でもさ、あそこから脱出できたのは結構な奇跡だったと思うぜ、あの見覚えある穴が無けりゃ俺達も今頃あそこでおっ死んでる」

「そうですね、ガガカが転んで詰まっててくれたおかげで、あの何の変哲もない穴が酷《ひど》く印象に残っていて助かりましたよ。しかし今思い出してもあの時のガガカったら笑えますよね」

「おいおい、あんまり思い出させんなよ、俺アイツに命助けられたから馬鹿にしたくねぇんだ」

「だからってあのお尻の大きさはおかしいでしょうにププッ」

「おいだからやめろって……プププッ」

くすくすと笑い声をあげる二人。その数秒の後、二人の顔から血の気が引いた。

「「あー！！！！！！！！　ガガカの事忘れてたぁ！！！！！！！！」」

「ネ、ネモくん！　今すぐあそこに戻りましょう！　今ならまだ！」

「た、助かるかなぁ⁉　獣人だから平気だったりするかなぁ⁉」

慌てふためく二人が運転席と助手席のドアを開け車に乗り込む。

「どうせそんな事だろうと思ったよ」

途端に後部座席から呆《あき》れかえったような声が二人に飛んできた。勢いよく振り向くとそこにはこれ以上ないジト目をして二人を睨《にら》むトトとララ、そしてとても気持ちよさそうにいびきをかいて眠るガガカが居た。

「お、お前らぁ！」

「はぁ、ララを拾って手当した後、とりあえずこの騒動は最後まで見届けようと亀の近くに居たら崩壊するわケツから車が飛び出すわガガカが乗ってないわで色々察したよ」

「大慌てでトトの瞬間移動でガガカのもとへ飛んでみましたらガガカはガガカで大崩壊の中鼻《はな》提灯《ぢょうちん》作って寝ていますし、ホントに何なんですの貴方《あなた》たち」

「ララの改造でガガカの情報を修正してボクの瞬間移動で脱出してとりあえず車の後部座席に飛んでみれば二人ともガガカの事なんてすっかり忘れて黄昏《たそが》れてるしさ、ボクもララもこんな人たちに負けたの信じられないんですけど」

ぶつぶつと二人に向けて恨み節を言う子供二人に大の大人であるネモとイグニスは冷や汗を垂らしながら「いやぁすいません」と引《ひ》き攣《つ》った笑顔で謝罪するしかできなかった。

3

「おーい、ホントにガガカが起きるまで待ってなくていいのか？」

「そ、そうですよ。もう少しくらい居残ったって罰は当たりません」

大人二人のアホさを存分に糾弾した後、いそいそと車を降り、帰り支度を始めるトトとララに向かってネモとイグニスも車を降り、慌てて声をかける。

「いいんだよ、約束だからね。二度とガガカの目の前に現れない。それを条件に邪悪なボク達は見逃してもらったんだから、守らないと」

「お前は律義《りちぎ》だなぁ、トト」

ネモはそう言いながらトトの頭をわしゃわしゃと撫《な》でた。

「ちょっと！　わたくしにはなにかありませんの⁉　仮にも一度命のやり取りをした仲でしょうに！」

その様子を見て口を尖《とが》らせたララのこともネモは笑って頭をなでる。

「生きてて良かったよ。ララ。死なれてちゃ寝覚めが悪い」

「べ、別に貴方《あなた》の寝覚めのために生き残った訳ではないんですのよ？」

「それでもだよ。お前の最後の一言、効いたぜ。おかげでイグニスを取り戻せた」

「ふん、当たり前ですわ。わたくしを誰だと思っていますの？　邪悪なる龍の眷属《けんぞく》にして龍を殺すドラゴンスレイヤーの宿命を背負った悲しき運命の……」

「あ、ララの病気が始まったからボク達ほんとにもう行くね、ガガカによろしく」

「ま、待ってください！　私達には貴方《あなた》たちに言わなければならないことが！」

「聞かないよ。あの亀が崩壊した時点でボクもララも察してる。どんな風な最期《さいご》だろうとイニエールが逝《い》っちゃったことには変わりはない」

「だけどよトト……」

「元厨二病《ちゅうにびょう》患者のくせに野暮が過ぎますわよネモ。わたくしたちにとって大事なことはあのわがまま放題の末の妹が望みを叶《かな》えて生きたかどうか。それはわたくしたちが一番よく知っていますわ。貴方《あなた》やイグニスみたいなぽっと出の男や女の言葉が入る余地なんてないほどに」

　ぴしゃりと言い放つララの言葉にネモは続ける言葉を失った。

「そうだな。俺達が野暮だった」

　しおらしく子供二人の言葉を受け入れるイグニスとネモ。その二人の肩にぽんと手をのせララは渾身《こんしん》のどや顔で言い放った。

「逝《い》き様なんて、生き様に比べれば、砂粒ほどの価値もありませんのよ」

「……ララ？　ボクは君の病気に関してはある程度諦めてるけどそれでも妹として言うよ？　言葉遊びとダジャレの区別はつけないとマズい」

「ララ、貴方《あなた》を生み出した契約書の生みの親として言いますが、言葉遊びだとしても今この場で言うことではありません。厨二病《ちゅうにびょう》だとしてもＴＰＯは存在します」

「ララ、俺は……まぁお前と特に血縁関係はないが、なんだ……その……強く生きろ」

「……くぅ――！　トト！　今すぐこの場から離れますわよ！」

「あはは、じゃ、ボク達はララがこれ以上恥をかく前に退散するから！」

「トト！　早く！　早くしてくださいまし！　わたくしに恥という概念が生まれてしまってわたくしがわたくしじゃなくなる前に！　はや……！」

現れた時と同じようにトトとララは唐突にふっと煙のように消えた。賑《にぎ》やかな二人が消え、辺りは火の消えたような静寂に包まれる。すっかり日は落ちて、辺りを宵闇が支配し、肌寒い風が吹き渡っていた。

「おう、アイツら行ったか」

そんな静寂の余韻に浸る間もなく、ガガカが騒々しくドアを開け、飛び出して来た。

「ガガカ！　テメェ起きてたんならトトとララに……」

「約束だからな」

「ふふっ、律義《りちぎ》なのはお互い様みたいですね」

「疲れそーな生き方だ」

呆《あき》れたように言うネモの肩をガガカは乱暴に組んで笑い飛ばす。

「ハッ。どの口が言ってんだか。アタシから見りゃ契約書の聖女の恋人兼ブレーキ役の方がよっぽど疲れる生き方だろうがよ」

「何を言うんですかガガカ。私はそんなにめんどくさい女ではありませんよ」

「「いや、お前はそこそこめんどくさい女だ」」

声を揃《そろ》えてそう言うネモとガガカにイグニスは憮然《ぶぜん》とした顔で怒鳴り散らそうとするが……、

「でもま、それが俺の惚《ほ》れた面白おかしい女だからいいんだけどな」

照れることもなくそう言うネモに顔を赤くして何も言えなくなってしまった。そんな様子を見ながら、ガガカがにんまりと笑って口を開く。

「そういやお前らに相談なんだが？　アタシが乗って来たバイクがあの亀の崩壊に飲み込まれてお釈迦《しゃか》になっちまった。だからお前らの旅に同行させてくれよ」

「な、なにを言ってるんですかガガカ！　ここからの旅路はネモくんと私のハッピーマリッジウェディングジャーニーなんですよ⁉」

「別にいいじゃねぇか。契約書全部集めるんだろ？　アタシも奇跡の調査ができるしウィンウィンだろウィンウィン。お前らのことも手伝ってやるし」

「そのデカいケツで車の座席を占領して私とネモくんの幸せカップルジャーニーの邪魔をされることのどこがウィンウィンなんですか！」

「おいネモ！　お前からも言ってくれよ！　一緒に戦った仲じゃねぇか！」

「いやー、正直俺も今はそんなに邪魔されたくないというか……」

「ほーそうか。じゃあお前が今穿いてる紐《ひも》パン返してくれよ。アタシとの濃密な時間を過ごした証拠の紐《ひも》パンを」

「ガガカと濃密な時間⁉　ネモくん今ガガカの紐《ひも》パンを穿いているんですか⁉」

「おまっふざけんなよガガカァ！」

「ネモくん！　どういうことですか⁉　濃密な時間とは⁉　詳しく！　ガガカがネモくんの前でパンツを脱ぐような状況があったという事ですか⁉　浮気《うわき》にしても早すぎませんか⁉」

「おーおー、これはちゃんとした説明をするのには時間がかかりそうだなぁ！　だけどもう日も落ちて冷えてきたから外での立ち話じゃ風邪ひいちまうなぁ！　なんてったって今アタシはノーパンだから！」

「ネモくん！」

「あーもー分かった分かった！　全員車に乗れ！　寒いし、俺そういやもう何日もまともに飯食ってねぇ！　ラーメン食いに行くぞ！」

「お、助かるねーアタシ好きなんだよなーラーメン」

「ガガカァ！　テメェは絶対ちゃんとした説明をイグニスにしろよ！」

「ネモくん！　その説明はちゃんとエッチなんですか⁉　どの程度エッチなんですか⁉　私はエロいですがあまり生々しいのはちゃんと引きますからね！」

ぎゃあぎゃあと騒ぎながら車に乗り込む三人。ほどなくして車はいかついエンジン音を立てて出発した。その排気ガスの煙が晴れる頃には、巨大な亀も、その中で巻き起こった騒動も、邪悪な黒ギャル軍団も、何一つなかったかのような静寂だけしか夜の荒野に残ってはいなかった。

あとがき

どうも、助六稲荷《すけろくいなり》と申します。はじめましての方ばかりだとは思いますがどうか名前だけでも憶《おぼ》えて帰ってやってください。

まずはなにより感謝を言わせてください。なにやら得体のしれない本書を手に取っていただき、「面白そうかも」と思ってレジに持って行ったり、ネットで購入ボタンを押して下さった度量の広い読者の皆様。本当にありがとうございます。

昔からエンタメ作品が好きでした。

映画なりラノベなりアニメなり、俺の退屈な人生から一本、一冊、一話分の時間をぴったり切り取って「オモシロ」の世界にぶん投げてくれる作品たちが大好きでした。

とっつきやすくて楽しくて、終わったら適当に棚に戻して忘れてしまえて、ふと思い出したら何の抵抗もなく見れるほど気安い関係にある作品たちが本当に心の底から大好きでした。

なので、担当編集さんに打ち合わせの際に、「この話はなんかよくわかんないけど、あー面白かったって思ってぱたんと閉じてその後には忘れてしまえるくらいの気軽さがいいよね」と言っていただいた時は本当に嬉《うれ》しかったです。俺が大好きなあのエンタメ作品たちの仲間入りができたような気がして。

読者の皆様方にとっても、この「サンバカ！！！」が、人生の退屈な時間を切り取って「オモシロ」の世界にぶん投げてくれる存在に、そして楽しんだ後はさらっと忘れてしまえる程度の気安い存在となって本棚に並ぶ作品の一つに仕上がっていれば作者としてこれ以上の幸せはありません。

本作は２０２４年初頭、都内のボロアパートでヤニにまみれて「俺にはもう面白いとは何かがわからん！」と半ば逆切れの様相でのたうっていた時にできた話です。

「面白い話が思いつかないよう」と半裸で寝転んでおいおいべそをかきながら暴れ散らかして腐っていた俺の所に、三匹のバカがイカついアメ車の派手なエンジン音を鳴らして乗りつけ、ノックも無しにドアを蹴破り、行動しない俺をゲラゲラ笑って見下した挙句、二、三発程俺のケツに軽く蹴りを入れたかと思うと、そのまま車に乗ってどこかへ消えて行きました。

「せめてなんか言えよ」とムカついた俺はＰＣに向かい、何とかプロットを書き上げ、何とか本文を書き上げ、何とか応募し、何とか受賞までこぎつける事が出来ました。

あの時、ケツを蹴り上げてくれたバカ三匹には感謝です。

さて、俺のケツを蹴り上げた後、今もどこかでしょーもない旅を続けているであろうバカ三匹ですが、本作ではまだまだ旅に出たばかり。出来る事ならヤツらの旅を末永く書き続けられる事を祈って、あとがきを締めたいと思います。

以下謝辞です。

担当編集様、へらへらしたかと思えば恐縮したりと自信があるのかないのかわからない煮え切らない自分をお忙しい中、辛抱強くサポートしていただき本当にありがとうございます。改稿案頂くたびに物語が締まって面白くなっていったり、迷走した自分を止めてくれたりと、本当に心強かったです。

イラストレーターのしずまよしのり様、素晴らしいイラストを添えていただき、本当にありがとうございます。キャラデザ、ラフ、カバー、頂くたびに素晴らしさに悶《もだ》えて、作業中の心の支えとなっておりました。キャラクターに命を吹き込んで頂き、感無量です。

その他、関わってくださった方、読んでくださった方全てに最大限の感謝を、本当にありがとうございました。

最後に、同期受賞者で一番大きな栄光を摑《つか》み、去る２０２４年12月12日に逝去された電磁《でんじ》幽《ゆう》体《たい》先生のご冥福を心よりお祈りします。

助六《すけろく》稲荷《いなり》

ウェディングヴェールに
量の嫁と一人の
そこに愛はあるんか!?
デカケツ獣人
夫タタ妻シタヨ淫魔!

近日発売予定!!!!!

次巻！

激闘！漆黒に
包まれた島に大
ご主人様！
聖女とチンピラさ
VS 許すまじ—

サンバカ!!! 第2巻

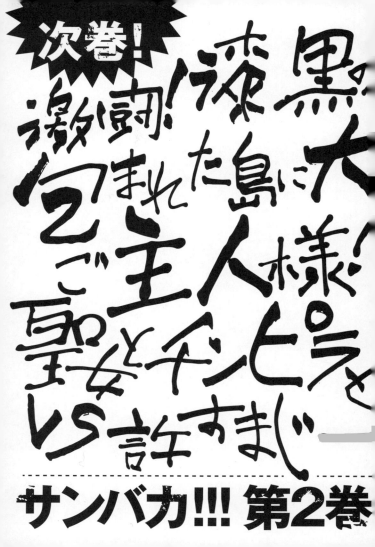

◉助六稲荷著作リスト

「サンバカ!!!」（電撃文庫）

本書に対するご意見、ご感想をお寄せください。

ファンレターあて先
〒 102-8177　東京都千代田区富士見 2-13-3
電撃文庫編集部
「助六稲荷先生」係
「しずまよしのり先生」係

本書は、第31回電撃小説大賞で《銀賞》を受賞した『怪奇！　巨大な亀に街を見た！　聖女とチンピラとデカケツ獣人VS邪悪な黒ギャル軍団』を加筆・修正したものです。

電撃文庫

サンバカ!!!

助六《すけろく》稲荷《いなり》

2025年5月10日　初版発行

◇◇◇

発行者　山下直久
発行　株式会社KADOKAWA
〒102-8177　東京都千代田区富士見2-13-3
0570-002-301（ナビダイヤル）
装丁者　荻窪裕司（META＋MANIERA）
印刷　株式会社暁印刷
製本　株式会社暁印刷

●お問い合わせ
https://www.kadokawa.co.jp/（「お問い合わせ」へお進みください）
※内容によっては、お答えできない場合があります。
※サポートは日本国内のみとさせていただきます。
※ Japanese text only

※定価はカバーに表示してあります。

ISBN978-4-04-916302-5　C0193　Printed in Japan

電撃文庫　https://dengekibunko.jp/

電撃文庫DIGEST　5月の新刊

発売日2025年5月10日

【第31回電撃小説大賞《大賞》受賞作】

新作 **妖精の物理学**
—PHysics PHenomenon PHantom—

著／電磁幽体　イラスト／necömi

特定の物理現象が少女の姿で具現化した存在──『現象妖精（フェアリー）』は、人類に多大なる恩恵と未曾有の大災害をもたらした。復興した街・神戸に暮らす少年に、助けを求める彼女の声が届く。少年と妖精の逃避行が今、始まる。

【第31回電撃小説大賞《銀賞》受賞作】

新作 **サンバカ!!!**

著／助六稲荷　イラスト／しずまよしのり

「これは、残念美人な聖女サマが、街のチンピラを捕まえて面白おかしい旅に出る話！」「巨大な亀の中にある街やら、大量のバニーガールと邪悪な黒ギャルがいる祭やらに乗り込みます！」「トンチキすぎる!?」

男女の友情は成立する？（いや、しないっ!!）Side 1.
ぷりくえる とぅ ぼーいず あんど がーるず!

著／七菜なな　イラスト／Parum

高校２年生になって運命が動き出す悠宇たち。でも、どんな物語にも“始まりの前”があるもので……。これは高校入学直後の親友たちを追う前日譚！

デスゲームに巻き込まれた山本さん、気ままにゲームバランスを崩壊させる4

著／ぽち　イラスト／久賀フーナ

魔王国を救ったヤマモトについに進化の時が。表示された進化先は『シュブ＝ニグラス（外なる神）』……ってなんか明らかにヤバそうなんだけど！　そんな矢先、タツさんからダンジョン攻略のお誘いがあって……。

姫騎士様のヒモ6

著／白金 透　イラスト／マシマサキ

ついにマシューの正体を知った聖護隊のヴィンセントは、再び彼を妹殺しの犯人と見定め、調査を開始する。一方暗躍を続ける太陽神教。そして、新勢力の大地母神の信徒たち。迷宮都市は再び混沌のなかに沈む。

新作 **あなた様の魔術【トリック】はすでに解けております**
-裁定魔術師レボフスキー卿とその侍女の事件簿-

著／白金 透　イラスト／天野 英

「審判を始めます」「さて、魔術師よ。天秤は汝の罪に傾いた」魔術犯罪を裁く主従にして比翼の探偵──メイドのリネットと尊大なマンフレッドは、真の目的のため邪智暴虐の魔術師どもが起こす事件を追う！

悪役御曹司の勘違い聖者生活5
～二度目の人生はやりたい放題したいだけなのに～

著／木の芽　イラスト／へりがる

鍛錬と義手の改良に励みつつ、婚約者たちとの未来の話に胸を躍らせる。しかし、平穏をぶち壊すように最強の敵・フローネが現れ……「俺の拳で、お前という悪に引導を渡してやる！」最終幕《聖者の新たな伝説編》！

男女比1:5の世界でも普通に生きられると思った？④
～激重感情な彼女たちが無自覚男子に翻弄されたら～

著／三藤孝太郎　イラスト／jimmy

「あはは……来ちゃいました」星良と将人の関係を聞いたみずほは、対抗してボーイズバーへ通い始めることに!?　そしてついに明かされる、恋海が“幼馴染系”である理由──。こじれすぎヒロインダービー第４弾！

俺にだけ小悪魔な後輩は現実でも可愛いが、夢の中ではもっと可愛い2

著／片沼ほとり　イラスト／たん旦

無事に私は生徒会に残ることができました。改めて思うのは……センパイって絶っ対、私のこと大好きですよね！　必要なのは最後の一押し！　陽葵ちゃんにもアドバイスをもらい、攻めの姿勢でアプローチ開始です！

ざつ旅謎
-That's "Mystery" Journey-

著／逆井卓馬　原作・イラスト／石坂ケンタ

旅好きな新人漫画家の鈴ヶ森ちかは、担当編集から「謎解き小説のテストプレイ」という奇妙な依頼を受ける。ちかは旅仲間に協力を求めつつ、日帰りの謎解き散歩へ繰り出すことに。『ざつ旅』のスピンオフ小説登場！